# レベル9999転生者による やりすぎ無人島楽園化

level 9999 tenseisya ni yoru
yarisugi mujintou rakuenka

～生贄少女も
薄幸少女も
全力で幸せに
します!～

JN221627

心音ゆるり　ill. りんごぱん

# キャラクター紹介

## 葵

アキトの妹。転生時に種族がミソロジースライムになって……？

## アキト

主人公。不幸な少女たちの運命を変えるため異世界に転生する。

## メノ

異世界最強の「七仙」の1人。アキトが最初に出会う異世界の住人。

## ワルサー

ルプルの側近。仕事から逃げがちなルプルのお守り役でもある。

## ルプル

「七仙」の1人で魔王。子供っぽいが、その実力は異世界でも指折り。

## リケット

生贄に選ばれた不幸な少女。アキトたちに救われ島の住民になる。

もくじだよ♪

# 第一章

正義は最後に勝つだとか、努力した人が報われるだとか、つらい時を乗り越えれば幸せが待っているだとか――そんなものは所詮、夢物語でしかない。

現実には悪が勝つこともあるし、努力は報われないこともあるし、つらいまま人生を終えることだって当たり前のように起こりうる。どこにでもある、ありふれた話だ。

そんな当たり前の世界が、俺は好きではない。

自分の命が消えるその瞬間にも、頭の中はそのことでいっぱいだった。

なぜ俺はあんなに苦しい思いをした人たちを幸せにできなかったのかと、なぜ俺だけが平然と生き残っているのかと、吐き気がするほど悔やみながら、俺はこの世を去った。

☆ ☆ ☆ ☆ ☆

「そちらにおかけになってください」

意識が覚醒するとともに、そんな風に声を掛けられた。

目が覚めた――という感じではない。ずっと周りのことは見えていたのに、ようやく脳が周囲の状況を知覚したという感覚である。

なんだこれ？　ドッキリですか？　俺にドッキリをしかけて喜ぶような奴も、そんな余裕がある奴も俺の周囲にはいないと思うんですが。だとしたら人違い……いやいや、さすがにこんな手の込んだ仕掛けをしておきながら、人違いはいくらなんでもアホ過ぎる。

困惑した状態のまま無意識に首を振って辺りを見渡すと、目に映るのは見慣れた殺風景な六畳の寝室ではなく、天井、壁、床と全て白い建材が使用された十畳ほどの部屋だった。

白く大きな丸テーブルを挟んだ向かいには、白地に金の刺繍が入ったローブのような服を身に着け、白く大きな羽を背中に生やした金髪の女性がいた。彼女はちょうど椅子に腰掛けようとしているところで、俺と目が合うと小さく会釈した。

彼女の背後には、色とりどりのファイルが納められた大きな棚が壁を埋めている。

「……これは、なんですか？」

状況が読み込めず、俺は棒立ちのままよくわからない質問をしてしまった。

あなたは誰ですか、ここはどこですか、いったい何が始まるんですか――そんな質問の選択肢が頭を駆け巡っている途中だったのに、口に出してしまった。

最後の記憶はたしか……自室のベッドで、なんだかいつも以上に胸が苦しくて頭が痛かったのをぼんやりと覚えている。

……あれ、俺ってもしかして死んでたりする？　目の前の人って、天使的な人？

「最終面接です。あなたは二十五の年、過労による心疾患にて死亡しました。ですが審査の結果、あなたは我々が管理する世界――アルカディアへ転生することが可能です」

どうやら本当に死んだらしい――なんてすぐに納得はできないけれど、この意味のわからない状況を説明することもできない。説明できるとすれば――、

「なるほど、夢か」

「現実です」

天使さん（仮）は俺の現実逃避をあざ笑うかのようにそう言った。もっと手心を加えてください。

その後彼女はパラパラと書類のようなものをめくり、俺が死んだときの詳細を教えてくれた。それに加え、俺は魂の審査――要は書類選考みたいなものを突破して、ここに来ているということを音声ナビのように感情無く語る。そこで、俺はようやく椅子に腰を下ろした。

五分ぐらいの簡単な説明ではあったが、聞き終わる頃には『あぁ、俺は本当に死んだんだ』と理解することができた。

妙に冷静になれてしまうのは、この場所の影響なのだろうか。もしかしなくても天国だったりする？

天使さん（仮）の言葉を聞きながらも、俺は『地獄じゃなくていいのだろうか』と真剣に考えて

いた。そんなことを言ったら、俺より先に死んだ妹や母親に怒られそうな気がするけど。

「面接に至るまでの条件は三つ。善良な魂であること、魂の器の強度が一定の水準を超えているもの、無念を抱えたまま死に至っていること、です」

「魂の器――というのは？」

他の二つの意味は理解できたが、それだけがわからない。善良かどうかはわからないけど言葉の意味はわかるし、無念というのもわかる。

「地球でゲームをしたことのある方には説明が楽でいいですね――いわゆるレベルやスキルのことです。あなたの場合、状態異常耐性レベル5、自動治癒レベル3、剣術レベル4、魔力操作レベル2、鑑定レベル2などが潜在的に埋め込まれていますが、我々はこれを改変し、増強します。簡単に魔物などに殺されては意味がありませんからね」

「魔物……」

魔力とかレベルとかそういうワードが出てきた時点で、なんとなくファンタジーな世界なんだなぁと思っていたけど、予想通りらしい。

どうしよう……生まれてこのかた口喧嘩ぐらいしかしたことないのに、戦える自信なんてないぞ？　野良犬が相手だったとしても、裸足で逃げ出す自信があるぐらいなのに。

「レベルに関してはこちらで器に手を加えて、３０００程度まで上げておきますので、無謀なことなどをしなければ死ぬことはないでしょう」

「――さっ!?」

さ、３０００!?　それって、たぶんすごい数字なんだよな……？　平均値がわからないからなんとも言えないが――いやいやそんなことより、なんだか話がどんどん進んでしまっているけど、根本的なことを教えてもらっていない。もうちょっと細かく説明してほしい。

「そもそもなぜ、俺は転生させられるんだ？」

思っていた言葉がそのまま口に出てしまっていた。意図しない発言に、思わず口を覆う。

「お気になさらず。この部屋は魂の本音を引き出すための空間です。隠し事はできないと思ってください」

「な、なるほど、では改めて伺います、なぜこちらの世界――アルカディアは、転生者を求めているんですか？　もしかして、魔王を倒せとかそういう感じだったりします？　もしそうだったとしたら、ハッキリ言って俺には自信がないんですけど」

そう問いかけると、彼女は一度苦笑してから「ご説明します」と前置きをして語り始めた。

彼女が言うには、こちらの世界――アルカディアには現在四つの大陸が存在しており、そのうち一つの大陸、その中の一つの国で、少女を生贄にする風習があるとのこと。その生贄は神への供物として海へ流される。

しかしそれは人間たちが魔物の被害や災害から逃れるために勝手に作った風習で、神は一切関与していないらしい。

俺を転生させる理由は、その無駄な命の消費を無くすこと。

俺を不老不死の体にして無人島に隔離し、そこで生贄の少女の命を有効活用しろと。

「我々としては、無駄な命の消費さえ抑えられれば『世界』からのお小言もありませんので、少女たちを生かしてさえいただければ、何も言いません。ストレス発散、性欲処理、壊さない程度にお好きなようにお使いください」

これまた淡々とした口調で、なんでもないことのように羽の生えた女性は言う。

今しがた口にした言葉が悪であるという自覚もなく、それがさも当然であるかのように。

「…………ん？」

この女性は――いま、何と言った？　俺の聞き間違いでなければ、かなり非人道的なことを言っていた気がするんだが。

「さすがに冗談、ですよね？」

「冗談ではありませんが？」

女性は俺の問いに、冷めた声で答えた。

生贄になってしまった子を、好きなように使え……？　ただでさえつらい思いをしているであろう少女たちに、さらなる苦しみを与えろと？　バカなのかこいつ？

「……いやいや、おかしいだろ」

気が付けば俺はその場に立ち上がり、目の前の女性を睨みつけていた。座っていた椅子が反動で転がるも気にせずに、怒りを表情に乗せる。いつもなら状況を踏まえて制御できるはずの心が、暴走する。

「お前らならどうせ、俺の無念もわかってるんだろ？　あんなに苦しんだ葵《あおい》も母さんも、救えなかった。つらい思いをした人がそのまま死んでいくのを、ただ見ることしかできなかった俺に向かって――っ！　よく言えたもんだよなぁ！」

こぶしを力の限りテーブルに叩きつける。体中の血管が切れてしまうかと思うほど、抑えきれない怒りが爆発していた。

相手が神なのかも天使なのかも知らないが、立場なんてどうでもよかった。

心の奥底からの本音が、濁流のように口から吐き出されてしまった。

舌打ちを一つしたところで、ようやく自分の行動と発言を理解して――だけど怒りは抑えきれないまま、俺は言葉を続けた。

「……そんなクソみたいな提案をしてくる奴らが管理する世界なんか、こっちから願い下げです。時間を取らせてしまってどうもすみませんでしたね。とっとと地獄にでも送ってください。転生は断らせていただきます」

そう言って、どかっと椅子に腰を下ろ――そうとして、自分で椅子を転がしていたことを思い出し、定位置に椅子を置いて座りなおす。もう姿勢は正したりしない。腕を組んで、足も組んで、目の前の女性を見下ろすように睨んだ。

「……大変失礼いたしました」

呆然と俺に目を向けていた女性は、謝罪の言葉を述べながら深々と頭を下げる。

いったい何についての謝罪なのかもわからないし、謝罪をされようが気持ちは変わらない。こんな提案をしてくる時点でもうこの世界とは関わりたくないと思う。

地球もなかなか酷いと思っていたが、この世界の住人はさらに可哀想だな。こんな奴らに管理されているなんて。

「あなたの魂は、合格です。面接までたどり着くことも稀なのですが、この空間において、我々の甘言に惑わされぬ者が、合格の基準です」

「…………」

甘言でしたー、合格でーす、と言われても素直に喜べるはずもない。イライラは継続中だ。

「んなこといきなり言われても信用できるか。たったいま嘘ついた奴が『今度は本当だ』なんて言っても、冗談にしか聞こえねぇよ」

「申し訳ございませんでした」

「謝ったところであんたの言葉の信用度が上がるわけがないだろ。その謝罪も嘘なんじゃないかって思えるからな」

「本当に、申し訳ございませんでした」

「…………はぁ、バカの一つ覚えかよ」

俺のお口が大変悪いんですけど。魂の本音を引き出す効果があるとはいえ、ちょっと言い過ぎたんじゃないかと思ってしまった。まぁ、本心であることには違いないのだが。

言っていい冗談と悪い冗談ならば、彼女が口にしたのは間違いなく後者だからな。

これ以上俺が文句を言ったところで話が進まないと思い、正直騙されたばかりで信用ならないが、「じゃあ本当の理由は？」とふてぶてしい態度のまま聞いてみることに。

どうせもう死んでるし、守るべき人もいないし、どうなってもいいやの精神で。

「前半部分の内容は変わりません。我々はその少女たちを、救ってほしいのです。不幸にも生贄となってしまった人々を、幸せにしてあげてほしいのです。見返りも、ご用意いたします」

「…………」

いまの俺は不機嫌を隠しきれていないだろうなぁと思いつつ、無言で続きを促す。

「あなたの妹や母親を一緒に転生――というわけにはまいりませんが、我々から地球を管理する神に掛け合い、来世は幸せな未来にするよう依頼いたします。すでに転生していたらどうしようもなかったのですが、どうやらお二人はあなたを見守るために、魂を現世に残していたようですので」

「……その言葉は、信じてもいいんですか」

「はい」

二人が死んでもなお俺を見守っていただって？　守護霊的なやつだろうか？

まったく、人の心配ばっかりしてないでもっと自分のことを――いや、このセリフは俺もよく二人に言われていたなぁ。

一番印象的だったのは、中学生のころ母さんが高熱を出して寝込んでいるときに、俺が代わりに買い物に行っていたときだろうか。フラフラしている俺に母さんが気付いて、熱を測ってみたら母さんよりも高熱だったとき。めちゃくちゃ怒られたから記憶に残っている。高熱のまま正座させられた。

妹に関しては——あいつはずっと病気と闘っていたから、常日頃から言われてたんだよな。

懐かしい思い出だ。

いつの間にかぽろぽろと流れていた涙をぬぐってから、深呼吸を一つ。三分ほど待たせてしまったが、彼女は何も言わずに俺が話し出すのを待ってくれていた。

顔を上げ、確認する。

「……それが先ほどのように嘘ではなく本当なら、見返りとしては十分ですが」

家族の幸せのためなら、俺の命なんて安いものだ。それがたとえ来世であろうと、二人が俺のことを覚えていなくとも。俺がこれから先、どんな風に扱われることになったとしても。

疑いの視線を向けながら言うと、天使さん（仮）は自分の左胸に手を置いて「世界に誓います」と口にした。

「——これも信用ならない話かもしれませんが、我々は世界に誓ったことに反すると、魂ごと消滅します」

「ちょ、それは重過ぎませんか？　――そりゃ本当であったほうがいいとは思いますけど」

なんだか重過ぎる枷《かせ》を付けさせてしまったみたいで、罪悪感を覚えてしまった。

俺ってやっぱりお人よしなのかなぁ。

「地球の神が我々の依頼を確実に受け入れるとも限りませんので――その点だけご了承ください。最善は尽くすと約束します」

彼女はそう言ってから「少し席を外します。転生の件、もう一度ごゆっくりと考えてみてください。あとはあなた次第です」と口にして、ぱっとその場から消えていなくなった。


天使さん（仮）が去ったあと、俺は彼女が先ほどまでいた場所をぼんやりと眺めながら、必死に頭を働かせていた。

転生……転生ねぇ。

あの人の話では、俺は不老不死になって、無人島に隔離されることになるらしいけれど、聞いた感じではそこで生贄の少女を助けろってことだよなぁ。

本当に俺がそんなことできるのか？

無人島ってことは、サバイバルをしろってことだろ？

動画サイトを流し見した程度の知識しか持ち合わせていない俺に、いったい彼女たちはどんな期待をしているのやら。たぶん詳しい説明とかを事前にしてくれるだろうから、その時に色々聞いてみるとしよう。

「ただなぁ……」

彼女の口から見返りの内容を聞いた時点で俺の意思はほぼ固まっているのだけど、一つだけ気になっているところがあって、それを天使さん（仮）にどう伝えようか俺は悩んでいた。

これは俺のただのわがままなのだけど、譲りたくない部分であることもまた確かだ。

「お悩みのようだね」

俯き、テーブルに肘を突いて悩んでいると、向かいから高い声が聞こえてきた。

顔を上げると、そこにはいつの間にか金と白の中間ぐらいの色合いの髪の毛の少女が、身を乗り出して俺のことを見ていた。身に着けているローブは似ているけれど、天使さん（仮）と違い、どうやら羽は生えていないらしい。

「……子供？　あ、いや、違いますよね」

「あははっ、まぁ見た目は好きに変えられるからね、僕はキミを面接した天使の見習いみたいなものだよ」

どうやらあの人は天使さんで正解だったらしい。仮を付ける必要がなくなった。

「はぁ……なるほど」

見た目の年齢的には十歳ぐらい。妹の葵が亡くなった年齢と一緒ぐらいだし、雰囲気が少しだけ葵に似ているから、親近感が湧いてくる。

成長したら、この子にもあの天使さんのように羽が生えてくるのだろうか。大きくなったらまだいいけど、小さいうちは洗うのが大変そうだなぁ、

「それにしても、キミは本当に綺麗な魂だね。不老不死が嫌なの？　それとも島での隔離が嫌？　他人を助けるのがめんどくさい？」

女の子は両手で自身の顎を支えながら、楽し気な様子で聞いてくる。なんだか子供がお仕事に参加しようとしているようで温かい気分になるなぁ。

というか、この子もいちおう見習いとはいえ天使なんだよな？　やっぱり敬語を使うべきだろうか？

「喋りやすい言葉で大丈夫だよ？　そういうの、気にしないし」

「お、おぉ、もしかして心が読める系？」

「そうそう、読める系読める系」

彼女はさらにこちら側に身を乗り出して、笑顔でパタパタと足をバタつかせる。あの羽の生えた女性が来たら『行儀が悪い』なんて言われて怒られたりするんじゃないだろうか。大丈夫かな？

まぁ俺はそれを指摘できるような立場でもないか。

「そういえば質問されてたな。えっと、別に不老不死とか隔離に関しては、どうでもいいんだ。俺としてはつらい思いをしてきたであろう生贄の子たちを助けられるだけでも自己満足できるし。そ

れに、それで葵たち――俺の妹と母親な？　その二人が幸せな来世を迎えられるって言うんだから、何も文句はないよ」

俺の発言に「へぇ～」と感心したような言葉をもらす少女。

「じゃあなんでキミは悩んでるの？」

「おいおい、心が読めるんじゃなかったのかよ。わかってるんだろ？」

「わかってるけど、読み間違えてるかもしれないから、いちおうね。キミの言葉で聞きたいんだ」

見習いって言ってたし、外れるときもあるのかなぁ。

なんかこういうことを口に出すのは恥ずかしいんだけど、気持ちが抑えづらいんだよなぁ。きっとこれも、この部屋の影響なんだろう。

「この依頼の大元は神様――でいいのかな？　神様に頼まれて生贄の女の子を助けるってのが、どうにも俺の中で引っかかっちゃってなぁ」

そう、ここなのだ。俺が天使さんの提案に即答できなかった理由は。

「ふんふん、どうして？」

「助けられる子にとっちゃ、そこにどんな意思が絡んでいようと関係ないことだってのはわかってるつもりだぞ？　頼まれて救っても、たまたま救っても、死ぬ気で救っても、気まぐれで救っても、助けられる人にとっちゃ『救われた』という事実は変わらない。だけど俺はさ、義務感に基づいてそういう子を助けようとしていたら、いつか自分がその行動に嫌気がさしてしまわないか、不安なんだ」

数十年の話ならまだしも、永遠にとなるとさすがに不安だ。

少女は「うんうん、気持ちはわかるよ」と相槌を打って、俺に続きを促す。

「だからさ、できればあのお願いは断りたい――ってのが正直なところだ。断った上で、俺は自分の意思で彼女たちを助けたい。もし俺がキミたちの意思にそぐわない行動をし始めたら、煮るなり焼くなりしてもらって構わないからさ――いや、そうすると結局は同じことなのか……？」

これでは『罰から逃れるために少女を助けよう』ということになってしまうだけだ。まるで意味がない。んー……難しい問題だなぁ、どうするのが正解なんだろう。

腕を組み再度悩み始める俺を見た少女は、再度「へぇ～」と楽しそうに言った。

「本心か……本当に、真っすぐで珍しい魂だね」

「そうかぁ？　どこにでもあるような魂だと思うけど」

「そんなことないよ。だってキミみたいな候補が来るまで、審査した魂は億を超えてるからね」

億ぅっ――!?　そりゃまた膨大な量だな……。

「いやー、もうみんなストレスたまりまくりでさ、怖いったらありゃしないんだ。さっきの天使――ミエルもしょっちゅうプンプンしてるよ」

そう言って、彼女は椅子にお尻を戻すと、眉を八の字にしてため息を吐く。

なんだか本当に葵を見ているようで和むなぁ。

天使さんの名前が『ミエル』という名前なんだなぁという情報を脳に刻みつつ、目の前で眉間にしわを作っている少女を見て笑う。

「そんな顔してると、しわができるぞ」

トントンと自分の眉間を指で示しながら言うと、彼女は表情を変えないまま「仕方ないじゃないか」と返答してくる。

「ことあるごとにお小言を言われて、こっちはたまったもんじゃないよ。そりゃこんな顔にもなっちゃうよ」

少女は不機嫌そうにそう言って腕を組む。

その様子が本当に幼い子供みたいで、思わず笑ってしまった。

「ふ――はは、そうだな、じゃあ生贄の女の子たちの前に、まずはキミからだな」

どうせ俺の考えは筒抜けなんだろうし、ちょっとカッコつけたことも言ってみよう。

「ん？　どういうこと？」

いま心を読んでいるのかどうかはわからないが、キョトンとした表情で首を傾げる少女に、「どうせわかってんだろ」と笑いながら言う。

「さっき面接してくれた人――ミエルさんにいちおう義務のことを相談させてもらうけど、どっちにしろ転生はするよ。そうすればここにいるみんなもストレスが無くなって、キミも笑顔になれるんだろ？」

自分より立場が上であろう相手に何を言ってんだと自分でも思うけど、見た目が十歳前後なのが悪いのだ。そう心の中で言い訳しつつ言うと、彼女はぽかんとした表情のあと、「あっはっは！」と大きな声で笑った。

「そうだね、その通りだ。僕を笑顔に——ふふっ、まさか人の身でありながら、僕を笑顔にしようとするとは、恐れ入ったよ！　まるでキミのほうが神みたいじゃないか！」

散々笑ったあとに、彼女は目じりを指で拭いながらそう言った。

慌てて「偉そうなことを言ってすみませんでした！」と口にするが、彼女は気にした様子もなく立ち上がった。そして、『神って呼び捨てみたいな言い方してるけど、この子また怒られるんじゃないだろうか』と心配している俺に右の手のひらを向ける。

「キミは良《い》いね——すごく良い。キミのような魂を、僕はずっと探していたんだ」

彼女の手のひらに柔らかい虹色の光がともったかと思うと、それが大きくなって俺の下《もと》にまでやってくる。その光が俺の体まで到達した瞬間、爆発でも起きたかのように激しい風が俺の体の周りを渦巻き始めた。ほんのり温かく、お湯にでも浸かっているような感覚である。

【状態異常耐性レベル3の器を改変、状態異常無効へと変更します】

【自動治癒レベル2の器の改変、超回復へと変更します】

聞いたことのない声——頭の中に直接響く声が、そんなことを言っていた。

しかし体の中で何かがうごめいているような——それでいて活力があふれるような感じがして、

それに加えて気持ち悪さもある――まともに思考ができる状態ではなかった。

「キミは僕が力を与えるにふさわしい綺麗な魂を持っている」

【剣術レベル4の器を改変、剣神へと変更します】

【魔力操作レベル2の器を改変、魔導の極みへと変更します】

「生贄の子らだけじゃない、まずは他でもないキミ自身が幸せになるべきだ！」

【レベル上限を改変――500、人族の限界に到達。種族の器の改変を行います】

【種族の器を改変、魔人族へと変更します】

【レベル上限を改変――1000、魔人族の限界に到達。種族の器の改変を行います】

【種族の器を改変、精霊族へと変更します】

【レベル上限を改変――3000、精霊族の限界に到達。種族の器の改変を行います】

【種族の器を改変、竜人族へと変更します】

「こちらからの頼みは、キミの願い通り撤回しようじゃないか。僕はキミを信じることにした――キミの思うままに生きるといい。そして僕は世界に誓ってキミの願いを叶えてみせよう！」

【レベル上限を改変――5000、竜人族の限界に到達】

【創造神アルディアにより、上位種族への変更を承認されました。種族の器を改変、天人族へと変更します】

【レベル上限を改変――7000、天人族の限界に到達】

【創造神アルディアにより、最上位種族への変更を承認されました。種族の器を改変、亜神へと変更します】

【レベル限界、９９９９へ到達しました】

【創造神権限の施行、不老不死の器を改変――不老へと変更し、付与します】

その声を最後に、頭の中に響いていた声は無くなった。

頭はガンガンするし、全身がほてってしまっているし、何が起こっているのかはっきりしない。

気が付けば俺は四つん這いになって、地面を見つめていた。

「良き人生を――僕を笑顔にしてくれたキミには、幸せになってほしいからね」

その言葉を最後に、俺の意識は徐々に薄れていく。視界もぼんやりしてきて、なんだか急に眠気も襲ってきた。

「――ちょっ、アルディア様!?　って亜神様になってるぅ!?　この方私より立場が上になってるじゃないですか!?　それに下界に送るにはまだ説明が――あぁもうバカ神っ！」

【天人長権限の施行、身体操作レベル10が器に付与されました】

薄れゆく意識の中、最後に面接してくれた女性の声が聞こえた気がした。

☆　☆　☆　☆　☆

「いくらなんでもやりすぎですよアレは……完全に予算オーバーです。というか、まだアキトさんに何も渡してませんよ？　持ち物は身に着けている服ぐらいなものです。それにこの世界の説明もあの島の説明も何もしてません」

「て、テンション上がっちゃって——ま、まぁ余ってた神力でスキルもレベルもいっぱい強化したし？　えっと名前はアキトくんだっけ？　彼ならうまくやれると思うんだよ。うん、そう、僕は彼を信頼しているんだ」

「それに私が何もしなければ、下ろした島をそのまま吹き飛ばしてしまっていた可能性があります」

「……そんなことよりもミエル、すぐに地球の神のところに交渉に行くよ！　善は急げだ！　アキトくんの笑顔のために！」

「露骨に話を逸らしましたね——ええ、世界にも誓いましたが、そもそも亜神様のお願いを私に断れるはずがありません。ご家族には良い来世を迎えられるようにしてもらいましょう」

「む、何を言ってるんだキミは。それだけだとアキトくんを笑顔にできないじゃないか」

「……なんだか嫌な予感がしますが、何をするおつもりで？」

「妹と母親の魂も貰うんだよ。それでアキトくんの島に転生させる。つまりサプライズだね！」

「あのですね、たとえ地球の神との交渉が上手くいったとしても、世界のルールで人族の転生は百年に一度と定められています。亜神とはいえ、アキトさんはヒト種であることには変わりません。

これはいくらアルディア様であっても破ることはできませんよ」

「うん、知ってるよ？　でもそれって、ヒト種だけだよね？　魔物と精霊もそれぞれ、百年に一度いけるんだよ」

「魔物と精霊に転生ですか……それでアキトさんが喜びますかね？　二百年待ってもらうという方法もありますすが」

「人化できるようにしておけば大丈夫でしょ！　まぁあとは二人の意思次第かなぁ。無理強いするつもりはもちろんないから、安心してね」

「……はぁ、頭痛の種がなくなったと思ったら、またそこから種が……」

# 第二章

気が付くと森の中に立っていた。

ミエルさんや少女がいた部屋で意識が覚醒した時と同じ感覚である。目が覚めた感覚はないから、眠っていたわけでもなさそうなんだけど……やはりなれない奇妙な感じだ。

ともかく、俺は森の中の——少しだけひらけた場所に立っていた。住宅街の中にある、小さな公園ぐらいの広さの原っぱ。周囲には日本で見たことのないぐらい背の高い木が生い茂り、まるで俺を見下ろしているかのよう。

一本一本の木が大きいからなのか、そこまで数が多いわけではなさそうだ。隙間から木漏れ日が落ちる程度には適度に間隔が空いているし、ちょこちょこと綺麗な花も咲いていたりするから、あまり陰鬱な雰囲気は感じられない。

ただ、さすが異世界——小さな植物もあるけれど、俺の顔の倍ぐらいのサイズの花なんてものも、当たり前のように咲いていていた。

こんなに深そうな森の中に入った経験のない俺からすれば、自然の心地よさよりも怖さのほうが地面に生えた短い草の感触がじかに伝わってきて、なんだか子供のころに戻ったような気分である。

幸い、服は着ている。どこにでもありそうな白いシャツとベージュの短パン、しかし裸足だった。

ここはどこ？　私は誰？　状態なんですけど。いや、名前はわかるんですけどね。

「い、いくらなんでもいきなりすぎない？　もっと説明とかあったんじゃないの？」

勝っている。


社会人の頃は『もう仕事サボって草原で仰向けに寝転がりてー』なんて願望がチラついたりしていたけど、そんな気分にはなれそうもない。気持ちよさそうだけども。

「生贄の子のことについても聞いてないし、俺はこれからいったいどうすれば――いや、好きなように生きろって言われたのか」

危うく指示待ち人間になるところだった。

でも少しぐらいアドバイスがあってもいいと思うんですよ俺は。この島の地形とか、生息している動物や魔物とか、食べられる植物とか、ちょっとぐらい教えてくれても良かったんじゃないかなぁ！

……ふう、落ち着こう。冷静に冷静に。

「あの女の子が手をこっちに向けてから、色々声が聞こえていたよな」

彼女が俺に対して言ったこと、そして最後のミエルさんが口にした言葉からして、あの女の子が創造神アルディア様だったってことなんだろうけど——それ以外のことをあまり覚えていない。でも仕方ないじゃん、あの時の吐き気はすごかったし、知らない言葉がたくさんでてきたりしていたんだからさ。

「ゲーム的なやつは——って出るのか」

メニュー画面やステータス画面みたいなものは見ることができないのかなぁと思っていると、ブォンという機械的な効果音とともに半透明の画面が現れた。

——ステータス——

名前：アキト・イガラシ
レベル：9999

筋力：999999
魔力：999999
耐久力：9999999
敏捷力：9999999

器用：９９９９９
運：９９９
所持スキル：不老　身体操作レベル10　状態異常無効　超回復　剣神　魔導の極み　鑑定レベル2

「…………おぅ？」

やりすぎなのでは？　びっくりしてオットセイみたいな声を出してしまった。

いや、この世界の平均値がわからないからなんとも言えないんだけどさ。レベル１０００みたいな人がゴロゴロいる世界だったら、俺はいたって普通だし？　うん、まだ他の人のレベルがわかんないから、俺が異常かどうかはわからないよな！

「無理があるか」

……俺の中にあるゲーム知識で考えると、明らかにチート臭いんですけどね。

そんなことを思っていると、遠くのほうで狼の遠吠えのような声が聞こえてきた。それに続けて『ギャアオオオ』という何の生物かわからないような鳴き声も聞こえてくる。しかし、心を癒してくれそうな小鳥などの声は聞こえてこなかった。いまなら不吉な雰囲気を持ってそうなカラスの鳴き声ですら恋しく思える。

「あれが魔物の声――？　怖すぎるんだけど」

安全確保、どうすればいいんだ？　この森でサバイバルしろってこと？

魔物を阻むための城壁でも作れと？　いやその前にメシはどうするんだ。飲み物もない。

転生特典で初心者向けのサバイバルセットみたいなのはないんですかね……？　それは欲張りすぎか。

「……とりあえず落ち着こう。パニックになっていたら余計に泥沼にはまるだけだ。地球での俺には無理だったことができるようになっているはずだよな？　慌てるのはそれを確認してからでも遅くないだろ」

周囲に誰もいないのをいいことに、ぶつぶつと独り言を呟く。

妹と母親の幸せを願ってしんみりしたいところなのだけど、とりあえずそれは状況が落ち着いてからだ。まずは自分が生き残らなければ、生贄の女の子どころではないし。

とりあえず、試したいのはやっぱり魔法ですかね。すごく気になります。

なんて言ったたって、俺には『魔導の極み』という明らかに凄そうなスキルがあるし、ステータス上の魔力の数値は99万である。期待しかないですねぇ。

「俺は知ってるんだ。魔法はイメージが大事なんだって……！」

はたしてアニメや漫画の知識が現実に有効なのかは目を瞑《つぶ》っておく。

その前に、魔力ってなんだって話なんだけど、これは意識すると簡単にわかった。地球での自分の体と今の自分の体を比べれば、不思議な力が全身にみなぎっていたからだ。

魔力らしきものを手に集めるように、そして水が飛び出すイメージをしながら、

「『ウォーター』！」

手のひらを正面にある大木に向けて、叫んだ。

人目がないからこそできる行動だ。日本の道端でやったら間違いなく失笑される。もしくは危ない人と認識されて逃げられる。後者が有力かな。

「…………魔法ってどう使うんだよ」

悲しいかな、俺の手からは何も出なかった。恥ずかしさでじんわり手に汗がにじんだぐらいである。とてもつらい。

「魔法は一旦パスしよう！　剣神のスキルを試そうじゃないか！」

人間、切り替えが大事である。別に諦めたわけじゃない、他に選択肢がある以上、一つ目でつまずいて時間を浪費するのはもったいないという効率的な考えを実行したに過ぎない。決して照れ隠しなんかではないのだ。

それに、幸い今はまだ昼前っぽいけど夜になったらさすがに危険だ。夜行性の魔物がいるかもしれないとかじゃなくて、視界の悪さが怖い。それまでに、今の状況をなんとかしなければ。

足元に目を向けながら歩くと、そびえたつ木の傍《そば》に手ごろな枝を発見した。杖ぐらいの太さと、

バットぐらいの長さの枝である。それを手に取り、軽く素振りをしてみる。

「おぉ、なんとなく振り方がわかる。これがスキルか」

こうすれば綺麗に振れる。この体の使い方が適切――そう言ったことが、まるで幼少期から剣を握っていたかのようにすんなりと理解できた。

昔みたアニメの真似をして、居合切りっぽい形で振ってみることに。

ドパン――という空気が振動するような音がして、手から枝が消えた。

「――やばすぎ」

自分の体の動きの速さもそうだし、それを目で追えてしまった自分の視力もそうだし、枝が消滅してしまうほどの力もそうだし。

「あ、あれはできるのか？　強化みたいなやつ」

これもアニメ知識である。俺が知っているアニメでは、剣に魔力を流して強化するみたいなことをやっていた。そのアニメでは、魔力が扱える人ならだいたいの人が使えるような設定だったから、『魔導の極み』なんて強そうなスキルを持っている俺なら行けるはず！

いや、アニメと比べてどうすんだって言われたらそれまでなんですけどね。

「まぁまぁ、チャレンジ精神は大事ですよ」

もう一度手ごろな枝を探し、そこに魔力を流し込んでみる。あっさりとできた。

こんなにも自分の思い通りに魔力が操れるのは、やっぱり『魔導の極み』の力なのだろうか？

ある程度まで魔力を流すと、枝がほのかに輝き、魔力がつっかえるようになった。

「さらに入れたらどうなるんだろ」

無理やり流し込もうとすれば、まだ微妙に入る。ぐいぐいと押し込むように魔力をさらに追加していると――パンという音が鳴って枝が破裂した。ほっぺたに勢いよく破片が当たったけど、痛くはない。めっちゃ怖かったけど。

「や、やりすぎはダメ――と。風船みたいな感じか」

そしてもう一度、枝を捜索してから魔力を流す。今度はつっかえた時点でストップした。

「これで殴ってみるか」

トンカチぐらいの役割になってくれでもしたら、時間をかければ木の伐採ができるようになるかもしれない。直径一メートルぐらいの大木だから、普通ならバカみたいな時間がかかるだろうけど――そこは筋力99万の力を信じることにしよう。

「い、いちおうな、軽くにしておこう」

本気で振りぬくのはその後でも遅くはない。俺の第六感が『全力は止《や》めたほうがいいんじゃない？』とささやいているし。

木のすぐ傍まで歩いていって、先ほどと同じように居合のポーズをとる。あまり力は籠めずに、そこそこの力で振りぬいた。

そう、振りぬけてしまったのだ。

「――いぃっ!?」

目の前の大木は、斬るというよりも鉄球でもぶつけられたかのように破壊された。木くずを散らし、幹が大きくえぐられている。しかもそれだけではなく、目測二十メートルほどにある数本の木々たちも衝撃波を受けたかのように倒れていったのだ。

慌てて木から距離を取って、倒れゆく木々を呆然と眺める。

「さすがにこれが平均値ってことは、ないよな……」

やっぱり俺のステータスは、非常に高いと思ってよさそうです、はい。

こんな人間がいたるところにいる世界とか怖すぎるもんな。どう考えても世界が崩壊するだろ。

「俺の身体能力どうなってんだ」

倒れた木々からは目を背けて、腕を組む。

試しに倒れた木を殴ったり蹴ったりしてみたが、容易に破壊できたし、なんなら担ぐこともできてしまった。三十メートルはくだらない大木を。

試しにジャンプしてみると、全力を出すまでもなく木の高さを軽々と超えることができた。なんなら倍以上は跳んだ気がする。

おかげで周囲を見渡すことができたが、ドでかい怪鳥が飛んでいるのも一緒に見つけてしまったので、これ以上は断念。魔法名を叫んだり、木々を切り倒しておいてこんなことを考えるのもアレだけど、魔物に見つかりたくないし。

「しっかし……結構深い位置にいるんだな」

正面はずっと森。跳んでいる時に後ろを向いたら、遠くに海が見えていた。海までの距離も数キロはありそうな感じである。

水を探すのが先か、それとも食料を探すのが先か……。

いやどう考えても安全確保が第一優先でしょうよ。このまま夜になったらやばすぎる。

「猛獣がいるでかい檻の中にいるようなもんだしな」

森は高低差がついて山になっている部分もあるし、きっと探せば川も見つかるだろう。

「洞窟みたいなのがいいかな……岩肌が見えている部分があれば、ステータスの力で穴を掘れそうだし」

どうせなら川が近くにあるとなお良い。

都合のいい場所が近場にあってくれたらいいんだけどなぁ。

あいにく、俺には森の中で川を探した経験がないから、どれぐらいの確率で見つかるものなのか見当もつかない。コンビニを探すぐらいの難易度だったらいいんだけど、そう簡単にはいかないだろうなぁ。

強化した枝を装備し、目印として木を傷つけながら歩くこと三分ほど、幅十メートルぐらいの川を見つけた。水は結構綺麗で、深いところでも底にある岩が見えたりする。

「あるやんけ」

想像よりもめちゃくちゃ近場だった。一時間ぐらいは森の中を彷徨《さまよ》う覚悟で探索に出かけたのに……なんというか、拍子抜けってやつだな。

もしかしたら先ほど跳んだ時にも、よく観察しておけば気付けていたかもしれないなぁ。木々で地表が見えないとはいえ、生えてない場所ぐらいはなんとなくわかりそうだし。

しかしこの水、飲めるのか？

「状態異常無効ってやつがあるし、大丈夫……だとは思うけど、できれば煮沸消毒ぐらいはしたいよなぁ」

潔癖症ってわけじゃないんですけどね。やれ細菌が〜、やれ微生物が〜、と動画で見たりしているので、ちょっと怖い。

魔法はあてにならないが、たぶんこの身体能力をもってすれば火をおこすことは簡単にできるはず。やったことはないけど動画で見たことあるし、たぶんいける。小声で『ファイヤ』と試してみたのはここだけの話。

「この場所は覚えておいて……先に洞窟だな。まだ喉は渇いてないし」

上流に向かって歩いてみよう。そしてこの場所には、目印として、木を倒しておくことにする。こうすれば最初のひらけた場所に帰ることができるからな。拠点として使用しないとしても、あの平地には利用価値がありそうだし。

強化した枝で木を伐採し、川を横切るように設置した。ドスンと重々しい音がして、思わず苦笑いになってしまう。

「人間離れしてるなぁ……いや、この世界の人間次第だけどさ」

俺はまだ人間の範疇に残る可能性を残している。地球じゃ無理だけど、このアルカディアにはきっとすごい人もいっぱいいるはずなんだ。たぶん。

みんなより少し優れているぐらいなら、そりゃ嬉しいよ？　でもやりすぎるとさ、『俺って本当に人間？』という疑問が生まれてきちゃうんだよ。嫌な新発見である。

そんなことを想いながら、愛用している木の枝を脇に挟んで、手に付いた汚れをパッパと払う。

あたりを見渡してみると、川の向こう岸――その更に奥で、こちらをジッと見ている黒色の毛のイノシシがいた。ステータスのおかげか、それとも神様が何か俺の体に手を加えたのか、遠い場所でもその姿をしっかりと見ることができた。

「…………」

呼吸を忘れた。意識的に呼吸をしようとすると、細かく荒いものになった。

でかい。四つん這いのくせに俺の身長の一・五倍ぐらいあるし、おそらく体重も五トンとかそういうレベルだ。ただの動物……？　それともあれが魔物なのか？

『ブォオオオオオッ』

イノシシは威嚇なのか悲鳴なのか知らないが、そんな大きな鳴き声を上げる。そしてその声を発したまま、こちら側に勢いよく走ってきた。悲鳴でないことは確定かなぁ！

とんでもなく速い。

川があるから――なんて安心できるような速度ではなかった。あのスピードなら、川なんてないのも同じ、軽く一歩で飛び越えられてしまうだろう。

「――っ」

叫び声をあげる余裕すらない。俺は横っ飛びに回避――しようとしたのだけど、『ロケット花火かな？』ってぐらいにぶっ跳んでしまった。たぶん進行方向の木を五本ぐらい破壊して、ようやく止まった。

元居た場所に目を向けると、倒れ行く木々の隙間から、イノシシがこちらを睨んでいた。やはり、川は軽々と飛び越えたらしい。だが、

「案外、遅いのか？」

自分のスピードはしっかり認識できていた。脳が理解を拒んでいたがために対応が遅れたけれど、何が起こっているのか見えなかったわけではない。

俺のスピードに比べたら、あのイノシシのスピードは大したものではなさそうだ。

「だとしたら、逃げることも可能か……」

というか、木登りでも十分逃げられそう。木に頭突きはできるだろうが、あのイノシシが木を登れそうにないし。

そう思うと、急に緊張が和らいだ。いまだに漆黒の巨体は俺を睨んでいるが、一瞬ならよそ見を

しても平気なぐらい、落ち着くことができた。

「石でも投げてみるか」

剣神のスキルはあるけれど、やはり接近戦はまだ怖い。安全第一だ。

ちょうど手ごろな野球ボールぐらいの石が足元に落ちていたので、それを拾う。重みは感じるが、筋肉への負担はまったくない。

石に魔力を込めて振りかぶると同時――イノシシがこちらに駆け出してきた。

正確な数値はわからないが、たぶん速度は百キロとかそういうレベル。地球にいたころの俺だったら、『走ってきた』と知覚したころにはすでに跳ね飛ばされてしまっているだろう。

「おらっ！」

掛け声を発し、石を投げてからイノシシの突進軌道から体を逃がす。今度はちゃんと手加減して避《よ》けた。

まぁ、無駄な行動だったのだけど。

「……ええ」

投擲の結果、イノシシが削れた。正面からみて上下左右に一マスずつあったとしたら、その右上の一マス部分が無くなっていた。イノシシは地面を転がるようにしてこちらに跳んできて、俺のすぐ近くで停止。ちなみに石は川の縁あたりに激突して、地面をえぐり大きな水しぶきをあげていた。

「うわぁ……」

かなりグロテスクな状態だな……こういうの、平気なほうで良かった。耐性が無かったら吐いていた気がする。内臓、もろに見えちゃってるし。そして文字通り血生臭い。

まぁそれはいいとして。

「なんとか勝てそうだな。あのイノシシがどれほど脅威なのか知らないけど」

もっとどうしようもないぐらい凶悪な生き物が出てきたらどうしようと思っていたけど、これぐらいなら大丈夫そうだ。イノシシくんが魔物でなくただの動物という可能性も残されているけども。

いろいろと削れてしまったまだ生温かいイノシシくんは、川の水で洗ってから、食べられそうな量だけ大きな葉っぱに包んで持っていくことにして残りは川に流すことにした。さすがにこの量は食えん。肉の保存方法もわからん。

解体するときに内臓とかを見ていたらさすがに吐いてしまったけど、自給自足状態なのだから、こういうのにもちょっとずつ慣れていかないとなぁ。

それから、川を上流に向かって進むこと五分ぐらい。俺はあっさりと高さ八メートルほどの岩肌が露出しているところを見つけた。

横幅は三十メートル以上あるし、川からは少し離れた位置に拠点を作ることができそう。実際に洪水が起きたら、どうなるのかは知らないが。

「神様がそういう場所に俺を下ろしたって説も――いや、そんな気の利いたことしないか」

そんな気遣いができるのなら、転生前にもっと詳しく説明してくれるはずだ。

となると、ステータスの運が仕事をしてくれたのだろう。ありがたや。

「とりあえず、ここを拠点にするか」

思いがけないチャンスを手にしたからには、しっかりと生かすべきだろう。ということで、俺はステータスに任せて岩を破壊して岩壁の中を進んだ。

もしかしたら『素手でいけるのでは？』とおふざけ半分で試してみたところ、本当にその通りだった。なんなら、手刀が突き刺さるレベルである。しかも全然痛くないし。

たぶん一時間ぐらいかかっただろうか。穴を掘る作業より、瓦礫の撤去にかなり時間がかかってしまった。

木材を使った人力ブルドーザーによって、地面も割と綺麗に整備できたと思う。洞窟の外には岩の山が詰みあがっているけれど、まぁそこは目を瞑ろう。

こうしてようやく、住めるレベルの環境が出来上がった。めちゃくちゃ暗いけど。

入口から入り込む光と、空気穴のためにあけた数か所の穴から、ほんのわずかに光が差し込んでいる状態だ。数メートルの通路の奥に、縦横高さ三メートルぐらいの居住空間の完成である。

「……全部そろった……ひとまず安心だ」

すぐ近くには川がある、食料も、たぶんこのイノシシ肉が食べられそう。そしてこの洞窟も、入り口を大木とかで塞げば何かが侵入しようとしたら音で気づくことができるはず。不安はまだ残っているけれど、最低限は大丈夫だと思う。

壁に背を預けて、一休み。はー、いい運動をした。

社会人になってからは運動なんてまったくしていなかったからなぁ……あの時の体だったら、ちょっと走っただけでバテバテになっていたことだろう。改めて神様に感謝。

今俺がいる場所に季節があるかどうかは知らないが、気温も湿度もまったく気にならないレベル。気にならないということはすなわち、心地いいということなのだろう。

「葵と母さんも、なんとかうまくやっていってほしいもんだ。俺はなんとかやっていけそうだよ」

洞窟の中だからか、自分の声がこもって聞こえる。

葵と母さんは転生ではなく来世って話だったから、二人とも赤ちゃんになるってことなんだろうな。

すべての記憶を忘れて、また一からか……二人が記憶をなくすというのは寂しい気持ちはもちろんあるけれど、幸せになってくれるのなら、心から嬉しいと思う。

五分ぐらい休んだら、活動を再開しよう。

まずは見通しをよくするために、周辺の木々を伐採させてもらうことにしようか。


「これは画期的……！」

休憩を終え、黙々と拠点周辺の木々を伐採するなか、とある発見をした。

最初は枝以外に魔力を込めたらどうなるのだろうと、細長い葉に魔力を込めて木を切ってみたのだが、それで大木を綺麗に伐採することができたのだ。

しかも、発見はそれだけではない。

そこに葉っぱがあると想定して、何も持たない状態で魔力を体から出してみると、やや透過している薄紫の魔力の剣のようなものができたのだ。集中していないと魔力が垂れ流しになって強度が落ちてしまうのが面倒だが、たぶん慣れていけるだろう。魔導の極み様様である。

そしてこれのさらに良い点。なんと形が自由自在なのだ。

トンカチのような形にもできるし、ナイフ、斧、自分がイメージできるものは、全て形にすることができた。試しに偉人の顔を想像しながら作ってみたら、できた――けど、なんか違うんだよなぁ……残念ながら俺の記憶力が足りなかったようだ。美的センスの問題かもしれないが。

「頭で正確に思い浮かべることができたら、なんでもできそうだ」

イメージは大事って本当だったんだなぁ。ありがとうアニメ知識。

そんな風に新たな発見もしつつ、俺は精力的に働いた。もちろん必要なことだからというのも理由の一つなのだけど、単純にこういう作業が楽しかったのだ。

いつかはソロキャンプでもして、こういうサバイバルみたいなことをやってみたいと思っていたんだよ。結局、仕事に追われてそんな元気もなかったけど。

暗い話は置いといて。

伐採後の切り株が邪魔なので、できるだけ根元から切って地面と平らになるように伐採。そのおかげで、かなりの平地が広がった。本格的に邪魔になったら根っこも引き抜くことにする。

「成果が目に見えるってのはいいもんだなぁ」

たぶん洞窟から半径三十メートルぐらいは平地にできたんじゃないかと思う。

伐採した木は五十本を超えていた。細かい枝葉はカットして一か所にまとめ、木も大きいものは半分にカット。伐採した木は五十本ぐらいだけど、積みあがった丸太は百本を超えている。

「薪にしたら十年ぐらいは持ちそうだ」

積みあがった木々を眺めながら、つぶやく。

さすがに全部薪になんてことはしないけど、これで家や家具を作ったりすれば——いやでも、壊されるんじゃね？　あのイノシシの突進に、普通の家が耐えられるとは思わないんですけど。

「…………ふむ」

これで生贄の女の子に、幸せな第二の生活を送ってもらうことなんてできるのか……？

「できるできないじゃないな、やらないと。——やる、絶対やる」

頬を叩き、自分自身を鼓舞するように、声に出す。

彼女たちはきっと死を覚悟して、絶望した状態でここにやってくると思うのだ。絶対に、幸せにしてあげたい。

魔物がどうやって生まれてくるのかは知らないけど、狩りつくせばある程度安全は確保できそうだし、方法は何かあるだろう。きっと。

「そういう世界の常識みたいなものが知りたいよな。でも、ここって無人島なんだよ……な？」

ぶつぶつと腕組みをしながらそんなことを言っていると、森の中に一人の女の子が見えた。鬱蒼とした森の中で、ぽつんと明るい色合いが見えたから嫌でも目に入った。

青地に水色で模様が描かれたフード付きのマントを身に着けており、肩にわずかに触れるほどの髪は、水色と銀色の中間ぐらいの綺麗な色だった。

彼女はこちらに向かってゆっくりと足を進めて来る。

身長は百五十センチぐらい、眠たそうな目つきだが、俺から目を逸らさない。

あの子が、生贄の女の子……？　え？　そんな風に向こうからテクテクやってきてくれる感じなの？　どうやって来るかは聞いてなかったけどさ、そんな感じなの？

困惑しながら、徐々にこちらに向かってくる少女を見つめる。

彼女は俺と十メートルほどの距離まで近づいたところで、口を開いた。

「……○■△、●×◎△？」

「あ、……え？」

ここに来て最悪の展開！　相手の！　言葉が！　わからねぇ！

いやそりゃそうだよ。ここは日本はおろか地球ですらないんだよ！　言葉が通じるわけないじゃん！　当たり前じゃん！

「あのバカ神――説明が足りてないとかそういうレベルじゃねぇぞ……！」

「？　……あなた、地球人？」

え？　頭を抱えて恨み節を呟いていると、少女が日本語を話した。

え？　そっちが合わせてくれる感じなの？　というか、地球のことを知ってる？

「そ、そうです。も、もしかして日本語がわかるんですか？」

「……過去に地球――日本からの転生者がいる」

「なるほど」

だとしても、日本語が流暢に話せているのはすごすぎると思うんですが。え？　日本語が共通語になってるレベルなの？　んなアホなことあるかよ。

しかしやばいな……人に会えてめちゃくちゃ嬉しい。ニヤニヤしちゃいそう。しかもめちゃくちゃ可愛――コホン。いまはそういうことを考える時ではありません。

まぁそれはいいとして、ここって無人島のはずだよな？　なんで人がいるんだ？　そもそも俺以外に転生者っていたの？　まずそこに驚きなんですけど。

というか、この子危なくないのか？　あんな物騒なイノシシがいるのに。

そんな風に、俺の頭の中には大量の疑問符が渦巻いていた。

「……創造神様――アルディア様に会った？」

少女は無表情のまま、質問を続ける。

俺に手を伸ばしてきたあの少女が、アルディア様だと俺は思っている。自己紹介をされたわけじゃないけど、ミエルさんも『アルディア様』って言ったような気がするし。

「は、はい、たぶん」

見た目的には完全に年下なのだけど、タメ口で喋るような気分にはなれなかった。いま自分の置かれている状況が、正確にわからなかったから。

「……そう。聞きたいことがあったら、聞いていい。私は、結構物知り」

「ほ、本当ですか!? 助かります！」

「……その代わり、私からも色々聞かせてもらう」

「もちろんです！」

てっきり俺は一生生贄の子としか接触しないものと思っていたけど、そうでもないらしい。なんだか俺の状況とかも知ってそうな人だし……彼女が何者なのかはわからないが、本当にありがたいな。

本当に、いまの俺はわからないことが多すぎるのだ。わかることが少なすぎると言ってもいい。無知の知を探るようなこの状況に、彼女の存在はとてつもなくありがたい。

俺は伐採していた丸太の一部をカットし、丸太椅子を二つ用意した。

そして少女にもそれを提供し、そこに座って話をすることに。

まずは俺から、ということで、自己紹介を含めて少女に俺がいま置かれている状況を簡単に説明させてもらった。

俺は転生し、この世界にやってきた。

神様から与えられた使命——厳密には依頼は破棄されたから頼まれていないのだけど、生贄の女の子たちのための楽園をこの島に作りたいということ。そして、俺はこの島から出ることは禁止されているということも。

実際のところ、島への隔離に関しては破棄されたのか破棄されていないのかわからないのだが、現状島を出るつもりはないので、その通りに伝えておいた。

彼女はその辺りはうんうんと頷きながら聞いてくれていたのだけど、レベルやスキルを伝えたところで、

「……頭おかしい」

そう言った。なんだか眠たそうな目が、ジト目に見えてきたなぁ。

いちおう証明になるかはわからないが、石を指でつまんで粉砕してみたのだけど、彼女は冷めた目を向けるだけだった。

「……私はこれでもレベ3000を超えてる。これはこの世界で二番目——だった」

「お、おぉ」

「……一番目の人は、4000ぐらい。いまはあなたが一番」

「な、なんかごめんなさい……努力したわけでもないのに」

「……アキトが謝ることじゃない」

うん、とても気まずい。

ぽっと出の努力を全くしていない俺が世界で一番？　そこまでする必要ありましたかね神様ぁ!?

おかげさまで安全は確保できそうなんですけども！

というかこの女の子、世界で二番目に強いの？　本当に見た目通りの年齢？　実は百歳超えてますとかそういう感じ？　そんな重要人物が初エンカウント!?

なんだか落ち込んでしまっている様子の少女を見て、どうしようどうしようと悩んでいると、彼女は「謝るのは私のほう、ごめん」と口にした。

「……生贄とか、知らなかった」

声の調子、そしてぎゅっと握られたこぶしを見ると、彼女が心から悔やんでいるのが伝わってくる。きっと彼女にとっては赤の他人だろうに……こんな表情ができるなんて、優しい人なんだな。

「それこそあなたが謝ることでは――そもそも俺は自分本位な、つらい思いをしてきた人を幸せにしたいって想いが強くあるんです。たぶんそれが、俺の前世の未練みたいな感じなんだと思います。だから、俺はこうしてそんな役目を担えることが、嬉しいんですよ」

そう言うと、彼女は顔を上げて俺と目を合わせる。ジッと見つめられたかと思うと、

「……アキト、変わってる」

そんなことを言ってきた。そこまで変かなぁ。

偽善者っぽいなとは自分でも思うけど、そういう人って探せばいくらでもいると思うし。

彼女は俺の真意を測るようにジッと目を見つめたあと、口を開いた。

「……アキトは謝らなくていいと言うけど、私は生贄を見落としていたのは紛れもない事実。だから、私も何かしたい」

「そ、それはありがたい話ではありますけど……大丈夫なんですか？　ここ、無人島らしいですし、たぶん危ないと思うんですけど」

彼女は俺の言葉を聞いても動じることはなく、すぐに頷いた。

「……元々、この島の魔物は私が定期的に間引いてる。大丈夫、外にここのことは漏らさないから」

だとしたら、かなり嬉しい提案ではある。現地の協力者という存在はとても大きい。

俺がいま現在一番不安に思っていることは、魔物の脅威や食料などではなく――トイレットペーパーがないことなのだ。日本でぬくぬくと暮らしていた現代人にはとてもつらい。どうにか解決策を教えてほしい。

あと、独り言で寂しさを紛らわせていたけど、話し相手がいてくれるのは非常にありがたいのだ。

俺って案外寂しがり屋なのかもしれないと自覚していたところである。

別に人と喋るのが大好きってわけじゃないんだけど、一人っきりの空間というのは物寂しいのだ。

「……邪魔になるようなことはしない。不老の人と、仲悪くなりたくない」

彼女の表情に、影がさす。先ほど生贄のことに気付かなかったと口にした時よりも、声が震え、か細くなっていた。

「もしかして、あなたも不老なんですか？」

「……私はもうこの世界で七百年以上生きてる、アキトで不老のスキル所持者は八人目。だから、仲良くしてほしい」

七百年——っ!? それは……なかなか想像しづらい年月だ。

彼女から見たら俺なんて赤ちゃんみたいなものなのかなぁ……その年齢に実際なってみないとわかりそうにないな。

「他にも不老の人っているんですね」

てっきり、俺だけ時間の流れから取り残されると思っていたけれど、どうやら彼女によると不老仲間がいるらしい。

全員と仲良くなれるかなぁ。そもそも、その人たちと関わることがあるのかさえわからないけど。いやでも、長く生きていればいつか会うことになりそうだよな。

「えっと、あなたの——」

「……私の名前はメノ」

「——メノさんのお願いは、必要ないですよ」

なんだか神様に『お断りします』と言った時と同じような感じだなぁと思いながら、俺はそう言った。彼女が変に勘違いしないうちに、すぐに続く言葉を口にする。

「お願いとかにしちゃったら、なんだか義務感で仲良くしてるみたいじゃないですか。まだ出会って一時間も経っていませんが、俺はあなた——メノさんを親切で優しい人だと思いました。だから、こちらこそ仲良くしてくれると嬉しいです」

意識せずとも、俺は自然と笑みを浮かべていた。握手が通じるのかはわからないけど、隣に座るメノさんへ右手を差し出して。

すると彼女は、じっと俺の目を見つめてから、俺の手を見て、握り返してくれた。小さく白い手が、俺の手に温《ぬく》もりを与える。

「……よろしく、アキト」

「はい、こちらこそよろしくお願いします」

そして、お互いにぎゅっと手を握った。

最初に出会ったのがメノさんで、本当に良かった。

彼女がこの世界において『大賢者メノ』と呼ばれ、四大陸全てにその名をとどろかせていることなんて知らない俺は、暢気《のんき》にそんなことを思ったのだった。


こちらの話が終わったあとには、メノさんからも色々話を聞いた。

この世界について、どんな人がいて、どんな国があって、どんな情勢なのかとか。

あまり一気に詰め込み過ぎても頭がパンクしそうだったので、とりあえず大まかな部分だけ。

その話が一段落したところで、メノさんは木から腰を上げた。

「……とりあえず、家から色々持ってくる」

「結構近くなんですか？」

「……遠い。でも、転移できる」

転移！　つまりテレポートってことだよな？　いーなー、俺も転移魔法使いたいなーと思ったけど、よくよく考えたら島の中の移動しか使えないから、俺はあまり有効活用できなそう。

魔法を使用したメノさんは、俺の前から一瞬にして消えた。足元で輝く魔法陣的な光がとても綺麗だったのが印象的である。そして五分後にはまた戻ってきた。手ぶらで。

「？　どうしたんですか？　忘れものですか？」

「……取ってきた」

そう言って彼女は、右手を前方に伸ばす。するとその右手の先が、まるで空間の裂け目に入り込んだように見えなくなった。手を引くと、彼女の手には薄い紙に挟まれたサンドイッチが握られていた。

「それは、もしかしてアイテムボックスみたいな？」

「……そう、転移と同じ空間魔法の一種。空間収納って呼ばれてる」

いいなぁ。俺もその空間魔法のスキル欲しかったです。十分すぎるぐらい与えられているから、文句は何もないんですが。

「……はい、あげる」

「どうもありがとうございます」

ありがたく頂戴する。薄い肉と野菜が挟みこんである、ベーコンレタスサンドみたいな感じだ。味も似たような感じ――なのだけど、美味しい。

素材が良い物なのか、労働のあとだったからか、それともこの世界に来て初めての食事だからか、ともかくとても美味しく感じられた。

しかしアレだな……なにも彼女に返すものがなくて、申し訳ない気持ちになる。

この島の物でなにか売れるものとかないのだろうか？　それを採取して、俺が彼女に渡すみたいな。

そんな話をしてみると、彼女は首を横に振った。

「……この島の物は、全てが特殊。植物も、魔物も、鉱石も。それに『七仙《しちせん》』――私たち不老の七人しかこの島に入れないから、市場に出回らないようにしてる」

「おおう……七人しか入れないっていうのは、どうしてですか？」

「……大陸から距離があるし、魔物が危険すぎるから」

んー。俺、これからそんな島で生活するの？　大丈夫？　俺が魔物の生贄になっちゃったりしない？

なんてことを考えている俺に対し、メノさんは「アキトはどこで生活するの？」と聞いてきた。

なので、自信満々にできたてほやほやの洞窟をドヤ顔で紹介した。

「…………ここ？」

「はい！」

わりと無表情に見える彼女が顔を引きつらせるということは、あまり良い環境とは言えなかったのだろう。地面を平らにするの、結構頑張ったんだけどなぁ。

部屋の隅っこの木の上に無造作に置いた生肉があるからだろうか。いちおう葉っぱで軽く包んでいるんだけど……あとは中が暗いとか？

「……これあげる」

不憫に思われてしまったのか、彼女は俺に色々な物資を分け与えてくれた。

光が灯る魔道具、火が出る魔道具、水が出る魔道具、そして木で編まれたバスケットに入ったサンドイッチなどなど。魔道具はその名の通り、魔法の力を利用した道具のことらしい。

しかし……生贄の少女を幸せにするどころか、施しを受ける立場になってしまっている件。いつか何かで恩返しさせてもらおう。しっかりと、感謝の気持ちは心に刻んでおく。

「……また夜にくる」

俺に物を渡して一通り説明したあと、メノさんは転移で帰っていった。これまた俺の頼みを聞く形になってしまっているのだが、国に戻って生贄について調べてくれるとのこと。

幸い、目星は付いているらしいので、今日の夜には一度報告に戻ってきてくれるらしい。本当に親切で優しい人だ。

恩を返すよりも前に、さらなる恩が増えていってしまっている状態だ。

「とりあえず……トイレを作るか」

メノさん、これに関しては恥ずかしさもあったのか、口数が少なかった。

もらった物は、ティッシュ箱のような木製の箱に入った紙と、捕まえたばかりのピンポン玉サイズのグレーのスライム。

どうやらこのスライムは排泄物を食べてくれるらしく、その処理に使われているようだ。この島だけでなくこの世界に広く生息しており、危険性はないらしい。神様がそういう風に魔物を創ったのかなぁなんてことを思った。

俺は洞窟の近く――岩壁の少しくぼんでいたところをさらに掘りすすめ、そこの地面に深さ一メートルほどの穴をあけ、貰ったスライムを投下。

さすがにスライムに汚物をダイレクトアタックするのは少し気が引けたので、穴は真っすぐではなく途中で斜めにしておいた。

用を足したあと、水が出る魔道具を使用すれば完璧――！　たぶん。

そんな作業をしていると、徐々に陽が落ちてきた。たぶん五時過ぎぐらいか。

メノさん曰く、この世界は一日が二十四時間——一年間は三百六十日とほぼ地球と同じような形になっているらしい。時間に関しては、過去の地球の転生者が提案したとのこと。

どうやって一秒を計算しているんだろうと思ったけど、メノさんが言うには一秒を計測するのに都合の良い鉱石があるらしい。

それはいいとして。

俺は洞窟内に入り、光の魔道具のスイッチを入れた。

長財布ぐらいのサイズの金属製の板——その上部にガラスの半球が付けられていて、下部にはレバーのスイッチ。文字は読めないが、たぶん『オンオフ』的なことも書かれている。ガラスの内部には、なにやら魔法陣のようなものが描かれていた。

「一ついくらぐらいするんだろ」

洞窟の中心にその魔道具を置くと、部屋全体が明るくなった。結構な光量である。

仕組みも全然わからないが、メノさんによると、どうやらこれの発案にも地球人が関わっているらしい。俺の出る幕はなさそうだ。地球産の物は、もう過去に出尽くしてそうだし。

「肉もどうにかしないと——あぁ、あとコップも作りたい」

水の魔道具からでる水は飲用可とのことだったので、すでに飲ませていただいた。

形は恵方巻ぐらいの筒で、片側にボタンがあり、その反対側の魔法陣から水がちょろちょろと出るようになっている。蛇口とまではいかないが、そこそこの勢いで出てくれる。

コップは無くてもなんとかなるし、とりあえず肉の調理からだな。

「石で焼けるかな」

石を火で熱して、その上に肉をジューっと。やべ、想像したらお腹空いてきた。

メノさんからもらったサンドイッチは、明日の朝も食べたいからちょっと残しておくことにしよう。すぐに腐ったりはしないと信じている。

「中でやるべきか外でやるべきか……」

空気的には外のほうが絶対に良い。だけど、魔物がでてきたら困るしなぁ。

みんなあのイノシシぐらいの強さだったら大丈夫そうだけど……その辺り、メノさんに確認し忘れていたな。

んー……ひとまず洞窟でやってみるか。やばそうだったら外に出ることにしよう。空気がこもらないようになっているはずだから、きっと大丈夫。

というわけで、外から落ちている枯れ木をいくつか洞窟内に運んでくる。

そして次に、土台となる石、そして鉄板代わりの石も同様に運んでくる。レベルが高いおかげでまったく疲れることはなかった。いったい俺は何トンまでなら持ち上げることができるのか。感覚的に、何千トンとかそういうレベルな気がする。

「なんかちょこちょこ黒い石があるな」

これはなんだろう？　黒曜石的な感じで、割ったらナイフみたいにできるのだろうか？

「こういう時のための鑑定か」

俺の鑑定——神様にレベルアップを忘れられたかのようにレベル2のままである。あるだけありがたいのだけど、基本的に物の名称ぐらいしかわからないんだよな。

ちなみにイノシシ肉を鑑定すると、『チャージボアのバラ肉』と出てくる。せめてこのイノシシくんが魔物かどうか、毒があるかどうかぐらい出てきてほしかった。

まぁ俺がさっきメノさんに確認しておけば何も問題はなかったんですけどね！　どうもすみませんでした！

でもって、この黒い石はというと、

『魔鉱石』

「……なんかレア度が高そうな名前だ」

名前だけ見ると希少そうに見えるだけど、その辺にゴロゴロ転がっているし、壁面にもちらほら見えるからそんなに高価なものとは思えない。

とりあえず、『魔』という文字が入っていることだし、魔力でも流してみるとしよう。

「……馬鹿みたいに入るな」

手に持っているのは、野球ボールと同等サイズ。しかし今日ずっと持ち歩いていた枝の数倍の魔力を流しても、まだ魔力が入っていく。

……爆発したりしないよね？

「おぉ？」

途中で急に石が柔らかくなった。軽く握ると、ゴムのように簡単に形を変える。試しにその状態で魔力の供給を止めてみると、魔鉱石はその形を維持したまま固まった。

「これは……色々使えそうだな」

もう一度魔力を魔鉱石に流し込み、その状態で形の変更を試みる。今度は手の力ではなく、魔力を操作して形状変化を試してみた。

すると、なんということでしょう。

「めっちゃ便利素材きた」

平らな鉄板をイメージして魔力を薄く広げると、まさにイメージ通りに魔鉱石が形を変えたのだ。魔力の供給を止め、魔鉱石を軽く叩いてみる。カンカンという高めな音がして強度もなかなかありそうなことがわかった。

「熱伝導率次第で、鉄板できるじゃん」

創作の幅が一気に広がった気がする。この素材、見つけ次第確保することにしよう。なんでも作れちゃいそうだ。

「さて」

魔鉱石の利便性にしばし浮かれていたが、本来の目的はそこではない。お肉だ。俺はお肉を焼きたいのだ。焼いて食べて『うまい！』と叫びたいのだ。まずかったら泣く。贅沢かもしれないが、できるなら美味しいものを食べたい。

まず、魔鉱石以外の普通の石をコの字状に積み上げ、その上に平べったくした魔鉱石を載せる。

その下の空洞で木を燃やせば、いよいよ肉が焼ける……！

「魔道具はあるけど、せっかくだし火起こしもチャレンジしてみよう」

詳しいやり方なんて知らないから、とりあえず見様見真似で、細い枝を回転させて木の板にこすりつけ、摩擦熱を起こしてみることに。

一回目、失敗。力加減を誤って木がはじけ飛んだ。

二回目、失敗。煙は出たけど、途中で土台の木を貫通してしまった。

三回目、失敗。火種を移す場所を用意していなくて、無駄になった。

四回目、失敗。火種を細かい木くずの上に載せることまでは成功したが、燃えなかった。

そして五回目、ようやく火が付いた。空気を送り込みながら細い枝を加え、徐々に太い枝も足していく。

「できるもんだな」

このステータスパワーがあったにしては、時間がかかってしまったほうだとは思うけど。一度経験はできたし、次からは火の魔道具を使ってもいいかもなぁ。

「どうかな」

ほどよい感じの炎が、魔鉱石を下からあぶっている。いまのところ、魔鉱石が変形する気配はない。試しに枝で魔鉱石を上から押してみるが、ほんの少しだけたわむぐらいで、ぐにゃりと折れ曲がるようなことはなかった。

「強度はよさそう、あとはどれだけ熱いかだが」

枝で押さえつけた時点でじゃっかん焦げ臭くなったから、たぶん熱くなっているとは思うが――どうだろう？

魔道具から出した水を、少しだけ魔鉱石の上に散らしてみる。ジュッと音がなって、水滴は魔鉱石の上をしばし暴れたあと蒸発していった。

「…………」

熱々になった魔鉱石を無言で眺める。

どうしよう。色々と順番を間違えた気がする。

まだ肉は切っていないし、なんなら包丁もないしまな板もない。焼いたあとに載せる皿もなければ箸もない状態だ。

そっちを先に準備すべきだったかなぁ……なんて思ったのも一瞬だけ、魔鉱石のパワーでそれらは一瞬にして用意することができた。

ブロック状だった肉は魔鉱石の包丁で食べやすいサイズにカット。ステーキっぽくしようかなとも思ったけど、焼きたてのほうがおいしいと思って、一口サイズに切って焼きながら食べることにした。

もちろん、取り皿もお箸も魔鉱石である。いやー、マジで便利。ついでにコップも作って、そこには魔道具から注いだ水をいれておいた。

残念ながら魔鉱石に敷く油はないが、肉自体の脂身でなんとかなりそう。万が一毒があっても、状態異常無効先輩がなんとかしてくれるはず。

「……いざっ！」

生肉用のお箸を使って、魔鉱石に三枚の肉を並べる。ジュワっという肉が焼ける音、野性味を感じる香りの煙、ジワリと肉に滲んでくる水分と脂分。

頃合いを見計らって裏返してみると、適度に焦げた面が顔を出す。塩コショウやタレがないのが残念ではあるが、それでも口の中のよだれはとまらない。

火が通ったと思《おぼ》しき肉を箸で掴み、取り皿へ。

「白米が恋しい」

まだ異世界初日なのだから、贅沢すぎる悩みである。

それにそもそも、ここは無人島のはずだったのだ。メノさんに出会えて情報は得られたし、魔道具という便利な代物も貸してもらっている。

到底サバイバル初日とは思えない、充実した環境だ。

「――うんんまっ！」

なにこれ？　味付けいらなくね？　十分すぎるぐらい美味いんですけど？

この世界の人って、もしかして当たり前のようにこんな美味しい物を食べてるんですか？　それともこのチャージボアが美味すぎるだけ？

即座に次の肉も食べて、さらに肉を数枚魔鉱石の上に載せる。

「いや、メノさんが『この島の物は全てが特殊』って言ってたし……この肉の美味さも、その『特殊』の一部かもしれないなぁ」

そんな独り言を口にしながら、もう一枚肉をパクリ。やっぱり美味すぎる。たぶん、これ全部食べ終えても、飽きそうにないな。それぐらい美味い。

肉全部とメノさんからもらったサンドイッチの半分を食べ終えてから、焚火だけそのままにして使用した魔鉱石は川の水で洗った。

肉に夢中になりすぎてすっかり忘れていたが、洞窟内の空気は想定通り綺麗に循環してくれているらしい。煙がこもるということもなかった。

食事が終わってからは、メノさんが来ませんようにと祈りながら川で汗を流し、自然乾燥で体を乾かしてから洞窟に戻ってきた。

ずっと裸足だけど、もう慣れてしまった。そもそも石を踏んだりしても全然痛くないから、気にならないんだよな。たぶん裸足でまきびしを踏んでも潰せちゃう。

「何を作ろう」

この洞窟を作った際に出た瓦礫の中から魔鉱石を集め、それをジッとにらみながら腕組みをする。

この素材はいわば、自由に形を変えられる鉄のようなものだ。しかも、固まっているときの強度は鉄を超えている気がする。つまり超便利。

「んー……、斧とかクワとかは作れそうだよな。あとは釘とか？」

何ができるのだろう――というよりも、できるものが多すぎてあまりピンとこない。

五分ぐらいかけて集めただけでも、バランスボールぐらいのサイズの魔鉱石が集まったし、まだまだ瓦礫の中に魔鉱石は眠っている状態だ。もはやこれで家が作れてしまいそうである。さすがにそれはやらないけど。

そうやって色々と考えていると、外から足音が聞こえてきた。

視線を向けると、メノさんがこちらに向かって歩いてくるのが見える。

「お疲れ様ですメノさん――あぁ、椅子ぐらい作っておけばよかった」

来客のことをまだ想定していなかった。どでかい魔鉱石団子を作るよりもまえにそっちを作れって話――あ、そうか。

「これで作ればいいのか」

というわけで、俺はさっそく魔鉱石団子に魔力をたっぷりと流し込み、引きちぎるようにして分割。千切った魔鉱石でちゃちゃっと背もたれつきの椅子を作ってみた。

「ど、どうぞ！」

そう言って、彼女に椅子に座るよう促す。デザイン性のかけらもない、無機質な椅子だけど……

立たせているよりはマシだろう。

――が、しかし、メノさんの表情は優れない。ジト目で俺を見ている。

「……それ」

メノさんは表情を固くしたまま、俺の椅子を指さす。

これは……椅子じゃなくて魔鉱石を指さしたってことなのか？

「便利ですよねこれ、簡単に加工できるし、丈夫ですし」

「……加工にはかなりの魔力が必要。普通そんなにすぐできない。それとその量だと、素材だけで
二千万ディアはする」

……？　ディア？　ディアってなんだ？

「すみません、ディア、ディアってなんですか？」

質問すると、メノさんはプルプルと首を振って、

「……ごめんなさい、魔鉱石を椅子にする人なんて初めてみたから、びっくりした。ディアはアル
カディアのお金の単位」

そう言われても一ディアの価値がわからないんですよ。

そういう感じのことを遠まわしにやんわり伝えると、メノさんは大陸における食事や宿にかかる
金額をディアで教えてくれて、おおよそ把握することができた。

一ディアが十円ぐらいであると、わかってしまった。

いやいや、そんなことある？　と思いながら何度も考えたけど、そういう結論になった。さっきメノさん、あの椅子のこと何ディアって言ってたっけ？　なんか大きい数字を言ってたような気はするが……、

「……二千万ディアぐらぃ。少し贅沢しながら、一生暮らせる」

「おぉう、二億円」

どうしよう……さっき鉄板代わりにして一人焼肉を楽しんでたって言ったら、もしかして怒られちゃう？

——なんてことを思ったけれど、実際にはメノさんから魔鉱石焼肉事件に関してお咎めを受けることは無かった。

どうせ誰も使っていないのだから、この島の物は好きなだけ好きなように使っていいとメノさんは言ってくれたのだ。まぁ、お肉を焼いたことを伝えた時は引かれてしまったけど。

開き直ってもう一脚椅子を作り、焚火を挟んでメノさんと話をする。

「……まずは、生贄の情報から」

メノさんは魔鉱石の椅子に関しては一旦考えることをやめたらしく、真面目な表情になった。

「ありがとうございます。こちらからは調べることが難しくて、メノさんが手伝ってくれてすごく助かりますよ。情報はほとんど持っていないようなものですから」

頭を下げてお礼を言うと、彼女は「アキト、やっぱり変わってる」と口にした。ぼそぼそと言っ

ている感じだったから、たぶん独り言なのだろう。

「……前に少しだけ話したけど、エルダット大陸には、主に人族が住んでいて、国家もいくつかある」

「はい」

これは、メノさんから前に話を聞かせてもらった。

四つの大陸にはそれぞれ人族、魔族、精霊族、竜人族が住んでいる。

ただ、これはあくまで『主に』という話だ。というのも、この世界に住んでいる人のほとんどは、全ての種族の血を引いている——いわゆる混血と呼ばれる状態らしい。

遺伝の強さによって身体的な特徴がでたりでなかったりするらしいが、人族の大陸に耳の長い精霊族（俺的にはエルフと言ってくれたほうがわかりやすいけど）のような人がいたり、精霊族の大陸に竜の尾をはやした人などが普通に生活しているらしい。

だからこの世界にとっては、偏りこそあれど種族とはあってないようなものらしいのだ。どの大陸にどの人種がいたとしてもおかしくはない。

だが、一部ではそうでもないようで。

「……エルダットの南東にある国、イソーラは人族至上主義。混血は悪としている。そこで、別の種族の特徴が現れた女性は、海に流すらしい」

その後も、メノさんは淡々と——しかしどこか怒りを滲ませるようにしながら、俺に色々と教えてくれた。

生贄の頻度は年に一回。

成人（アルカディアでは十六歳以上）の処女に限る。

病気に冒されておらず、健康体であること。

これらの風習は、例えば『成人男性を生贄にしたら災いが起きた』とか、そういうことの繰り返しで定まったらしい。少なくとも、二百年以上はこの状態が続いているとのことだった。ちなみに、混血の男性は成人になり次第国外に追放されるらしい。

「……人族至上主義なのは知っていたけど、こんなことをしてるのは知らなかった。国全体の信仰の問題だから、どうにかしようとすると国を潰すみたいなことをしなきゃいけないかも」

生贄の問題だけなら、時間をかけたら穏便に済むかもしれないけど、時間はかかる――とメノさんは俺への説明を終えると、悔やむように唇を噛む。

その姿を見て、俺はなんだか嬉しくなった。

前にメノさんが『知らなかった』と言った時にも思ったのだけど、この世界の人は、見て見ぬふりをしていたわけじゃなかったんだとわかったから。

「その、生贄に該当する人はいたんですか？」

十六歳以上の混血の女性が生贄になるということはわかった。

だけど、仮にその人族以外の特徴が出ている女性が現在十歳だった場合、これから六年もの間、まるで死刑囚かのような思いをし続けなければならないということだ。

指をくわえて海に流されるのを待つというのは、俺としては容認できない。

仮に生贄になることが知らされていなかったとしても、人族至上主義の国に混血の人がいたとすれば、良い扱いを受けているとは到底思えないからな。

メノさんは、俺の質問に対しさらに苦い表情を浮かべた。

「……必ずしも、混血である必要はない。あくまで優先して生贄になるだけ。年に一回は、神への供物として必ず儀式は行われる」

どうやら十六歳以上の女性が必須条件で、混血は必須条件ではないらしい。

地球でも昔はきっとそんな風習があっただろうと思うと、気分が悪くなった。本人にとってそれが幸せかどうだったかは、わからないけど。

「ちなみにいまのところ、混血の該当者は一人だけだった。名前はリケット。白髪赤目という魔人族の特徴を持っている十六歳——明後日に海に流す儀式が行われるらしい」

「一人か——って、明後日!?」

そりゃ苦しい思いをしているなら、早ければ早いほうが良いと思う。

だけど、いまの俺が暮らしているこの環境——元いた場所より悪化したりしません？

現状、魔物にビクビク怯えながらの洞窟暮らし予定なんですけど？

「そのリケットさんって、いまどんな扱いを受けているとかわかりますか？」

「……孤児院で暮らしているみたいだけど、あまり良い扱いとは言えないらしい。でも、最低限の衣食住はある」

「なるほど」

その『良い扱いを受けていない』の程度にもよるのだろうが……とりあえず、監禁とかされて暴力を受けているとかじゃなくて安心した。もしそうだとしたら、今日にでも無理やり助け出したいところだった。島から出られないけども、気持ち的に。

でも、最低限の衣食住かぁ……この島、ないなぁ。どうしよう。

「……イソーラの人間がリケットを海に流したら、目につかないところから私がこの島に運ぶ」

「色々お手数をおかけしますが、どうかお願いします」

そう言って頭を下げる。メノさんは「いい」と短く返答した。

頭を上げたところで、ふと疑問に思ったことがあった。メノさんはどうやって海を漂う少女を、ここまで連れて来るつもりなのだろう？

「転移って、他の人と一緒に転移したり、無制限にどこでも移動できたりするんですか？」

「……どちらも無理、転移は自分だけ。それと、行ったことがある場所だけ」

じゃあどうやってその子を迎えに行くつもりなんだろう？

首を傾げて、疑問に思ってますよとアピールしてみると、彼女は話を続けた。

「……転移は使わない、これで行く」

彼女はそう言って立ち上がると、椅子の後ろにテクテクと移動する。

そして――、

「うわっ、すご……」

語彙力、消失した。

彼女の背中から、ブワッと魔力でできた薄紫の大きな翼が出現したのだ。それは転生前に見た羽の生えた女性と同じような翼で、柔らかな質感が伝わってくるような繊細なデザイン。部屋の狭さから全開までは広げられていないけど、それでも十分に大きく見える。

魔量操作も、極めるとこんなことまでできるようになるのか……！

「すごく綺麗ですね」

「……ふふん」

心からの賛辞を贈ると、メノさんは少し気持ちが上向きになったのか、自慢げに胸をそらした。

多少のふくらみが、彼女が女性であると主張している。

七百歳以上と聞いてちょっと距離を感じてしまっていたけど、可愛らしいところもあるんだなぁ。

なんだか葵を思い出して、つい頭を撫でたくなってしまった。

メノさんはその場で翼を動かしたりして俺に披露したのち、満足そうな表情で翼を消した。それから俺の下に歩み寄ってきて、空間収納からまた新たな魔道具を渡してくる。

それはフリスビーみたいな形をした魔道具で、厚みは五センチほどだろうか。結構重量がある。

表面にはびっしりと魔法陣のようなものが描かれていて、水の魔道具や火の魔道具にも同様に記号のようなものがたくさん描かれていたが、そんなものの比ではない。このサイズでなければ描くことが不可能と思えるほど細かく記述されている。

「これはなんでしょう？」

「……結界の魔道具。それならここの魔物の侵入も防げる。半日は持つから、寝れる」

「――っ、それは、めちゃくちゃ助かります！　けど、こんな物貸してもらってもいいんですか？　たぶんコストも結構かかりますよね？」

「いい」

洞窟にいるとはいえ、もしかしたら不安で寝ることができないかもなぁと思っていたけれど、これがあるなら安心だ。この世界で七百年以上生きている彼女の言うことなのだから、説得力も十分すぎる。

「……あと、これ。あげる」

そう言って、彼女はまた空間収納に手を突っ込んで色々と出してくれた。

直径十センチほどの時計（書いてある文字は読めないが、地球で見ていたアナログ時計と同じ形なので文字の配置で理解できる）、い草っぽい枕、ブランケット。

そして魔石と呼ばれる、魔物からとれる電池のような役割のもの。長方形にカットされていて、魔道具にはそれぞれこれをはめ込む場所があるらしい。それも教えてもらった。

一通り説明を受け、お礼を言ったのち、これまで聞き忘れていたことを聞くことにする。

「そういえば、さっき『チャージボア』って生き物を倒して――あぁ、さっき言っていたお肉もそいつのことなんですけど、この辺りの魔物ってどんな感じなんですか？　それと、このイノシシってそもそも魔物なんですか？」

そう聞くと、彼女は一瞬ぽかんとしたのち「当たり前すぎて忘れてた」と気落ちしたように口にする。

「……チャージボアは別の大陸にも生息する魔物。お肉は美味しい」

「なるほど、魔物でしたか」

「……ここ以外のチャージボアは、だいたい40レベルぐらい。高くても80レベルとか」

ふむ。なんか雲行きが怪しいぞ。あの突進力がレベル40の物とは思えないし……比較対象が自分しかいないからはっきりとはしないのだけど。

「……ここのチャージボアは５００から８００ぐらい。だいたい十倍」

「おぉ……」

思った以上にレベルが高かった。そのレベルだと、あのスピードにも納得がいく。

メノさんによると、この島の魔物はだいたい平均でレベルが７００ぐらいらしい。他にも魔物は色々生息しているが、俺の９９９レベルだと何も心配しなくていいとのこと。

俺はレベルが高いし、状態異常無効も超回復もあるもんなぁ。自分に与えられた力が異常なものだと改めて実感してしまう。

「……魔物が強くなり過ぎないよう、適度に私が間引きをしている」

そう言えば、さっきもこの島はメノさんが間引きをしているって言ってたな。

「魔物ってどんどん強くなるんですか？」

単純な疑問である。

もうレベルが上がりそうにないから気にしていなかったが、この世界の人々はそもそもどうやってレベルアップしていくのか。

俺のゲーム知識で言うと、魔物を倒してレベルアップっていうのが普通だと思うけど。

俺の問いに、メノさんは再びぽかんとした顔になる。

そして、「……また言い忘れてた」とこれまで以上にしょぼんとしてしまった。

「べ、別に気にしなくていいですよ。メノさんが俺に教えないといけないってわけじゃないんですから」

誰のせいでもない。

強いて言うなら、しっかりと考察もせずに質問している俺が悪い。

「……んーん。これは私が言わなければいけなかった。人間も魔物も、魔素を吸ってレベルが上がる。魔力の素と書いて、魔素。空気のようにどこにでもある。大地にも植物にも、全て魔素が含まれている」

「魔物を倒してレベルが上がる――とかじゃないんですね」

「……死んだ魔物からは濃い魔素が流れだすから、間違いじゃない。それでこの島の魔素は、とても濃い。常人なら、魔素酔いによって数分で気を失うと思う」

「なるほど、それだけ濃いから魔物のレベルが高いし、間引きも必要――って、それまずくないですか!?」

生贄の子、常人ですよね？　この島で暮らすって不可能なのでは？

「……数か月は、つらい思いをするかも。私もいろいろ対策を考えてみる。最悪、こっちでその子は匿う」

「…………そう、ですか」

またメノさんに負担をかけてしまう――だけど生贄の子のことを思うと、絶対にそっちのほうが幸せだと思うのだ。だけどその幸せに、メノさんの苦労という代償を払っているとなると、素直に喜べない。

いや、そもそもそれは本当に幸せか？

この島は他の人に見つかっていないからこそ、楽園としての役目を果たすことができるわけで……死ぬはずだった生贄の少女は、肩身の狭い思いをするかもしれない。

ここはいわば、天国のようなものだと思うのだ。

世間的に死亡した人の、第二の人生を歩んでもらう場所。

決して地獄のような場所であってはならないのだ。

メノさんを見送ったあと、しばらくの間魔素問題についてどうすればいいのか考えてみたけど、これといった解決策は思い浮かばなかった。

メノさんが言うには、魔脈と呼ばれる魔素が特に濃くなっている位置を避ければ、少しはマシになるかもしれないとのことだったから、そういう場所をこの島内で探す――というのが、一番現実的な案ではある。

それはさておき。

「とりあえず夜を越さねば」

幸い、メノさんから枕とブランケットは貸してもらったが、地面は岩肌である。正直ここで寝られるかわからない。魔力の剣で頑張って平らにしたけれど、ちょっとひんやりしているし、固いし、虫とか上ってきたら嫌だし。

「ベッドぐらいは作るかな……でも、俺に作れるかぁ？」

木材は大量にあるし、魔鉱石という超便利素材はある。あと必要なのは俺の技量のみなんだよなぁ……まぁ地面から浮いてれば良しとしようか。

いったん洞窟の外にでて、丸太を洞窟内部に持っていけるぐらいのサイズにカットして内部に運び込む。まず、柱にするために木材をブロック状に四つカット。それをベッドの四隅に来るような場所に配置して、細長く切った木材を点と点を結ぶように並べてみる。

「……まぁ、誰かにプレゼントするわけじゃないし」

少し離れて遠目で見てみると、ひどく不格好だった。俺に木材で何かを作るセンスは備わっていなかったのかもしれない。とりあえず寝られればいいんだよ。

自分の雑さに苦笑いしながら、魔鉱石で釘を作り、これまた魔鉱石で作ったトンカチで板に釘を打ち込んでいく。ブロック状の木材との固定ができたら、寝る部分に板を並べてこれも同様に釘を打ち込んでいく。

「おぉ！　案外いいじゃん！」

はみ出た板材を魔力の剣でスパンと切ってしまえばあら綺麗！　まるで最初からきっちり寸法が合っていたかのようではありませんか！

板の厚みが少しずつ違って、ちょっとでこぼこしちゃってるけど良しとする。どうやら木材が優秀なようで、実際に横になってみても軋んだり壊れたりする雰囲気は全くなかった。

生贄の子に作るベッドは、この経験を活かしてきちんとした物を作ろう。回数をこなせばきっとまともなものが作れるようになるはず。

「……ふう」

メノさんにもらった枕を設置して、それに頭を載せる。ごつごつした天井を眺めながら、今日一日あったことを思い返した。

神様にあって、そこで死んだことを伝えられたと思ったら、生贄になる子を救うために転生してほしいと頼まれた。初っ端から飛ばし過ぎだろ。

ぶっ飛んだことはその後も続いて、明らかに異常っぽい力を与えられたと思ったら、ほとんど説明もなく無人島に転生。どでかいイノシシの魔物に襲われて、異世界人に遭遇して、ちょっと仲良くなって、協力してくれることになって――、

「これが一日で起きてるんだよな……濃すぎる」

いったい葵や母さんは、どんな人生を送ることになるんだろうか。

アルディア様の依頼が地球の神様に聞き届けられて、幸せな来世を歩むことになっていたらいいなぁ。

そんなことを考えていたら――いつの間にか俺は寝てしまっていた。

# 第三章

翌朝、起きてすぐに結界を展開させている魔道具のスイッチを切った。メノさんからもらった時計を確認すると、時刻は午前六時過ぎ。

どうやらこの結界の魔道具が消費する魔力の量はかなりのものらしいので、起きている間は絶対に使用しないと俺は心に決めていた。メノさんは『気にしなくていい』と言ってくれたが、俺は気にする。

通路から差し込む外の明かりを頼りに、薄暗い洞窟の中で水の魔道具を使用し、コップで水を一杯飲む。

それから外に出て背伸びをしながら辺りを見渡してみると、不思議な光景が目に入ってきた。

「……なんだこれ?」

川の向こう側に、シャボン玉の膜のようなものが見えたのだ。

見覚えが無いわけではない——昨日、結界の魔道具を使用したときにも見えていた。あの魔道具は直径五メートルほどの範囲を覆っていたが、この結界はそんなレベルではない。

空を見上げても、同じように膜が張られていて、俺がすでに結界の内部にいるということがわかる。

「……もしかして、アルディア様が何かしてくれたのか？」

昨日音沙汰がなかったから、てっきりもう天界との関わりは断たれたと思っていたんだけど……あとは好きにやってくれ、みたいにさ。

そんなことを思いながら、俺は空に注意を向けながら森の中を進み、この結界の中心となりそうな場所へ向かって足を進めた。

たどり着いたのは、俺が転生したての時に立っていた場所。この広場にきた瞬間――いや、それよりも前から木々の隙間からチラチラと嫌でも目に入ってきた。

「――ははっ、なんだこれ」

あまりの大きさに、笑ってしまう。

広場の中心には、この辺りの木の数倍の大きさを持つ大木が出現していた。

「外国にはこれぐらいの木もあったりしたのかなぁ……日本じゃ見たことないけど」

フラフラと吸い寄せられるように木に近づいて鑑定をしてみると、『世界樹』となんとも重要そうなワードを確認することができた。気になるのは『世界樹■■■』というように、見えない部分があること。

あともう一つ気になるのは、鮮やかな緑の葉に紛れて、大量の赤い果実が実っているということだ。

「絶対美味しいやつ――でも、目が飛び出るぐらい価値が高いやつだろ」

昨日の魔鉱石事件が思い出される。二億円の椅子だ。

あの果実はいったい一ついくらするのやら。

そんなことを考えて顔を引きつらせていると、果実が一つ落下してきた。しかも俺の丁度真上にあった果実で、綺麗に手元に落下してくる。まるで、俺に食べろと言っているかのように。

「……え？　もしかしてこの世界樹、意思とかあったりするの？」

ファンタジーすぎる。魔法が使える時点で十分ファンタジーだけどさ。

ま、まぁ視界に映っているだけで数百個はありそうだし、一個ぐらい食べてもいいよね？　ほら、落ちてきたし、大事にして腐らせてももったいないしさ。

リンゴと桃を足して二で割ったような見た目のその果実を鑑定してみると、『世界樹の果実』という『んなことわかっとるわい』って感じの結果が出てきた。

情報を得るのは諦めて、がぶりと皮ごと齧《かじ》りついてみる。さすがに毒はなかろう。あっても大丈夫だけど。

「――うんんんんまっ！」

この果物めちゃくちゃ美味しいんですけどぉ！　なんだこれぇ!?　しかも結構冷てぇ！

リンゴに近い見た目だな――と思ってはいたが、食感も味もリンゴに近いものだった。

そこに、多少桃の甘みが加わっているような感じ。噛みしめるたびに口の中に広がる果汁は、品種改良の果ての境地と言われても納得できるほどに美味い。無意識に頬が上がっていた。もしいま俺の顔を見た人がいたら『ヤバい人かな？』と思われてもおかしくない。それぐらい幸せいっぱいである。

「……本当になんなんだ」

果実を咀嚼しつつ、頭上を見上げながら呆然と呟く。

あっという間に、固い芯の部分を残してすべて食べ終えてしまった。種は無かったし、みずみずしくて食べやすさとしても抜群である。

そして食べ終わったタイミングで、ぽとりとまた果実が一つ手元に落ちてきた。

やっぱり、俺に渡すために落としてくれているような感じがするな、世界樹さん。

さすが異世界ということなのか、それともさすが世界樹ということなのか。まだこの世界をよく知らない俺にとっては、未知である。

「……それにしても、やっぱりこの世界樹が結界を作ってるっぽいよな」

ありがたく二個目の世界樹の果実を食べつつ、そんなことを呟く。

空にかかる大きな膜は、どう見てもこの世界樹を中心にしているように見える。この結界がはたして魔物の侵入を防ぐものなのか……ただの飾りだったら笑えるな。

昨日メノさんから借りた魔道具を使った時も思ったけれど、見た目的には『本当にこんなもので魔物の侵入を防ぐことができるのか？』と疑問に思ってもおかしくない代物なのだ。これは、俺が魔法の無い世界で二十五年生きてきた弊害なのかもしれない。この世界の人が見たら、すごく頼りに見える光景なんだろう。

もっとも、俺も生前することができなかったＶＲゲームなんかで体験していれば、この感覚も少しは違ったものになったのかもしれないが。

「さて、と。腹も膨れたことだし、動くか」

現状結界の効果がわからないとはいえ、この世界樹の果実がこの島の貴重な食料源であることはたしかである。だから俺はこの木と洞窟の拠点を一直線で繋げることにした。

川沿いを歩けば迷わずに洞窟に行くことができるのだけど、それだと直角に折れ曲がって進むような感じになるので、少しだけ遠回りなのだ。

斜めに進んでも辿りつけないことはないのだけど、ある程度感覚だよりになる感じなので、綺麗な道があるに越したことはない。

というわけで、伐採開始である。

洞窟に戻り、そこから魔物に見つからないよう必要最低限のジャンプで世界樹の位置を確認しつつ、木々を伐採しながら一直線に進む。道幅は十メートルほどあるが、元々この辺りの木々は一つ一つが大きいので、生えている間隔も広い。だからそこまで大量に伐採が必要になる訳ではなかった。

倒した木々は、邪魔な枝をカットして道の脇に並べておく。これで少しは道っぽく見えるだろう。

三時間ほどかけて世界樹と洞窟とを繋ぐ道ができた。伐採自体は一瞬でできたけれど、こまごました整備をしていたら時間がかかってしまった。それでも十分に短時間だと思うけど。ステータス様様である。

仮に俺が地球で同じことをしようとしたら、いったいどれほどの時間がかかるんだろうなぁ。いやそもそも、木材が重すぎて動かせないか。

「……さて、解決した問題はあるが、それでも問題はまだ山積みだぞ」

世界樹の結界がどこまで強力なのかはわからないし、たとえこいつで魔物の危険がなくなったとしても、魔素酔い問題は解決していない。そもそも俺は魔素を全く感じていないから、濃いとか薄いとかがよくわからないのだ。

そこは俺の手が出ない領域だと判断するにしても、問題はまだある。

生贄の子が海へ流されるのは明日だというのに、家がない。大問題である。

孤児院で暮らしていた子が洞窟暮らしになるというのは、どう考えてもグレードダウンしていると思うのだ。

だから、せめて家を建ててあげたい。俺は洞窟で十分だから、つらい思いをしてきたであろう生贄の子にはせめて普通レベルの生活環境を整えてあげたいのだ。

世界樹の果実もあげよう。あれでジュースも作れそうだな。

　そして魔物を狩って肉もたくさん食べてもらおう。メノさん曰く、魔物はレベルが上がるほど美味しくなるとのことだったので、ここのお肉はきっと彼女も気に入ってくれるはずだ。チャージボアの肉もめちゃくちゃ美味かったし。

　またあのお肉――じゃなくて、あの魔物と遭遇したいなぁ。

「それに日本人として、なんとしてもお風呂は提供してあげたい……！」

　幸い、木材は大量にあるし、魔鉱石という便利素材に加え、メノさんから貸してもらっている魔道具もある。ただ一つ問題があるとすれば、俺に建築の知識がほとんどないということだ。とんでもなく重要な部分が抜けている。

　単純に板を組み合わせたハリボテの小屋のようなものは作れるだろうが、はたしてそれを家と呼んでいいのか……。

「丸太小屋とかならなんとかできそうだけど」

　世界樹を背もたれにして、腕組みして悩む。

　メノさんに頼んで、建築関連のことが書かれた本でも入手してもらうか？

　いやでも、メノさんにはお世話になり過ぎているからこれ以上頼むのもなぁ……それに、この世界の本がどれほど貴重な品なのかもわからない。

　いったいこれまでに、メノさんは俺のためにいくらぐらいお金を使ったのだろう。そしていったい、俺はどうやってその恩に報いていけばいいのだろうか。

「……悩みはつきん」

ひとまず、結界の確認だけはしておこうか。もしかしたら俺もこの結界に弾かれて外に出られなくなっているのかもしれないし。メノさんがくれた結界の魔道具はちゃんと通過できたけど、この世界樹の結界も同じなのかはわからないし。

洞窟近くに結界の膜が見えていたのでその場所に戻ってみたのだけど、俺の見間違いでなければ、結界が少し広がっているように見えた。しるしをつけたりしていたわけじゃないから定かではないが、一、二メートルは大きくなっているような気がする。

「俺は問題なく通れる——と。あと目印をつけておこうか」

最初は木の枝で、次に手を結界に通してみたが何事もなく通過した。それからちょうど結界と木が重なっている部分があったので、そのラインに沿って木を傷つけておく。あとは魔物を探して、この場所におびき寄せたら魔物に対してどのような効果があるのかわかるだろう。


「でかいやばいでかいやばいっ！」

赤黒い蛇の魔物に森の中で追われながら、俺は叫んでいた。その時になって『なんで俺はメノさんが来るまで待たなかったんだろう』という考えに至る。もしかしたら質問一つで済んでいたかもしれないのに、なんでこんな危険な真似をしてしまったんだろう、と。

森の中を三分ほど歩いて出会った、二十メートルぐらいはありそうな蛇の魔物。シュルシュルと木々の間を縫うように俺を追ってきているが、正直そこまで速くない。

少なくとも昨日出会ったチャージボアよりは遅いから、口では『やばい』と連呼しているけど、心の奥底ではそこまで危険を感じていなかった。本気で走れば逃げられるという安心感があるからだろうな。

「――よし」

結界をすり抜けてから川を飛び越え、距離を取って魔物を待つ。俺より少し遅れて到着した蛇の魔物は、バチッと電気が走るように結界に弾かれた。

おぉ、本当に魔物を弾いてるな。こんな感じになるんだ。

「えぇっと……『レッドスネーク』か、そのままだなぁ」

チャージボアもそうだけど、この世界の魔物は印象をそのまま名前に付けてるっぽいから、翻訳結果もすごくわかりやすい。『赤蛇』とならないのは、俺に一番しっくりくるような翻訳の仕方にしてくれているせいだろうか？

まぁそれはいいとして。

レッドスネークは体をしならせ顔部分を高く持ち上げ、鋭い牙をむき出しにして威嚇をしている。万が一結界が破られても逃げられる距離にいるから、檻の中の猛獣を見ている気分だ。檻の中にいるのは俺だけど。

「メノさんが間引きしてるって言っていたし、倒したほうがいいんだよな」

蛇肉って美味しいのかなぁ……どんな味がするんだろ。

そんな危機感の薄いことを考えながら、なおも俺を襲おうと結界にぶつかっているレッドスネークを眺める。これで勝手に自滅してくれたらいいんだけど。

そんなことを思っていると、

「──お兄ちゃんを──」

唐突に、頭上から声が聞こえてきた。

慌てて上を見るが、そこにはすでに誰もいない。雲一つない青空が広がっているだけだったが、とんでもないスピードで何かが通り過ぎていくのは見えた。その何かが向かった先は、今しがた俺がのんびり眺めていたレッドスネークの方向である。

いきなりのことに体が硬直して、俺は見ることしかできなかった。白のセーラー服を身に着けた黒髪の少女が、蛇の魔物の頭を上から下に殴りつける光景を、ただ見ることしかできなかったのだ。

「──いじめるなぁあああああっ！」

重々しく体の芯に響くような激しい音が森に響き渡る。蛇の上半身（？）は四方に吹き飛び、地面は大きく陥没していた。

謎の声が聞こえてからこの状況に至るまで、三秒も経っていない。

少女は「もうっ」とぷりぷり怒った様子で蛇を睨みつけ、パッパと手の汚れを払った。そして、彼女の視線がこちらを向く。

「…………なっ」

そこでようやく、俺は声を発することができた。目の前の光景を、すぐには信じることができなかったのだ。鼓膜を震わせた聞き覚えのある声に、『そんな都合のいいことあるはずがない』と思ってしまったのだ。

蛇の魔物の死骸のすぐそばにたたずむ少女は、見たことのないようなデザインの白のセーラー服を身に着けている。しかし、顔や背丈などに見覚えがありすぎた。

彼女は俺と視線が合うと口をゆがめ、目元を腕でこすった。

「……あ、葵……葵なのか!?」

よろよろとした足取りで、空気を掴むかのように手を伸ばした。

彼女は目をこすっていた腕を下ろし、顔を上げる。遠目で見てもわかる。その顔はどう見ても、俺の妹だった。俺と母さんが最期を看取ったはずの、大切な妹だった。

彼女の口からはしゃくりあげるような嗚咽が聞こえてきて、目は赤く充血している――だけど、笑っていた。

「――お兄ちゃんっ！」

懐かしい――もう二度と聞くことができないと思っていた声が、はっきりと聞こえてくる。

葵が俺を呼ぶ声を聞くと、ようやく俺の目にも涙が浮かんできた。ようやく、頭が現実に追いついた。

目じりにたまる涙を指で拭う——その瞬間『チュンッ』という甲高い音が聞こえて、俺の体は猛烈なスピードで後方に吹っ飛ばされた。

「——うぐっ」

ドドドドド、と大量の木々をなぎ倒し、ようやく止まる。一瞬息も止まったが、すぐに回復した。視線を下に向けると、俺のお腹には葵がぎゅっと抱き着いている。しかも涙を俺の服で拭いている様子。

「いやいやいや!?　なにそのスピードと威力!?　イノシシくんもびっくりだぞ!?」

「イノシシくん?」

涙で濡れた表情のまま顔を上げ、葵が首を傾げる。

あまりの運動能力に驚いてしまったが——そりゃそうか。葵はあのバカでかい蛇の魔物を殴りつけていたし、俺と同じように地球と一緒じゃないってことなのだろう。

ずっと寝たきりだったから、こんな行動をする葵はまったく想像ができないんだけど、実際にやっちゃってるもんなぁ。目の前で蛇だったものが飛び散っているのを、見ちゃったからなぁ。

葵はいったい、どんな風にアルディア様から強化してもらっているのか。

それはさておき。

「本当に葵、なんだよな?　俺の幻覚とかじゃないよな?　なんで?　どうして葵がここにいるん

だ？」

「うん。正真正銘、五十嵐《いがらし》葵だよ。また会えたね、お兄ちゃん！」

そう言って、彼女は目を潤ませたまま再度ぎゅっと俺の胸に抱き着いてくる。ミシミシと体がきしんでいる気がするけど……え？　キミ、何レベルなの？　痛くて感動の涙が引っ込んだんですけど。

しばらく兄妹で、『良かった』『本当に良かった』と言い合ったあと、お互い少し落ち着きを取り戻す。

「私もお兄ちゃんと一緒、あの小さな神様――アルディア様に転生させてもらったの！」

もう二度と会えないと思っていた俺の妹は、どうやら神様の厚意によってこの世界に転生を果たしたらしい――それだけでも十分衝撃なのだけど、さらなる衝撃が俺には待っていた。

「いまね、合体してるの」

葵は少し自慢げに、そんな意味のわからないことを言った。

「合体!?　さ、さすがに意味がわからないんだけど!?」

「えっとね、アルディア様がね、『人族として転生するなら百年待つ必要がある』って言ってたんだけど、魔物とか精霊だったら、すぐに対応してくれるって言ったから、私いま、魔物なの！」

魂を分けてるだけだから、一匹扱いでいいんだって――とよくわからないことを言っていたけど、それよりももっと気になることがある。

「葵って魔物なの!? そ、それって大丈夫なのか？ 体は平気なのか？」

「すごく健康体だよ！ 走っても、全然つらくないの！ それに、お兄ちゃんなんて亜神なんでしょ？ いちおう人に分類されてるみたいだけど、ほぼ神様じゃん」

「……え？ 亜神？」

なにそれ、初耳なんですけど？

「羽の生えたお姉さん――ミエルさんも一応ヒト種らしいんだけど、『立場が私より上になっちゃった』って言ってたよ」

「ええ……なにやってんのあの神様」

アルディア様が俺に手を向けているとき『種族の改変を行います』みたいな言葉がいろいろ聞こえていたけど、最後のほうは聞き取れなかったんだよな。もしかしたらあの時、『亜神』という言葉も混じっていたのかもしれない。

「ま、まぁそれは聞かなかったことにするとして……魔物ってどういうこと？ 葵、普通に人間の体をしてるけど」

頭を撫でてみたが、普通に人の髪の感触だ。病に伏せていた彼女を思い出して一瞬つらくなったけれど、今目の前でくすぐったそうにしている葵を見て、再度涙が出てきた。

「もう泣かないの――じゃあ見せるね～」

そう言うと、葵の体が虹色に輝いた。葵とその光は少しだけ上に昇ってから徐々に強くなっていき、体の輪郭をとらえられないほど強く発光する。やがてその光は赤、青、緑、黄色、紫の五つに分かれ、地面に下りていく。

光がおさまったころには、五匹のスライムがいた。ぽよぽよと上下に楽しそうに跳ねている。

「……す、スライム？　つまり、スライムが合体すると葵になるってこと？」

理解が追いつかない。正解がわからない。早く人型に戻って説明してくれと思っていた矢先、再度スライムたちが強く発光した。

「……おぉ」

口にせずとも、想いが通じたようで嬉しい。これが兄妹愛の成せる業ってことか。

なんてことを思っていたのだけど。

「こっちが普通状態なの」

「お手伝いたくさんできるよ！」

「一番これがおススメって言われたよ」

「兄上の助けになりたい」

「人格が分かれてるらしい」

青、黄、赤、紫、緑——それぞれのスライムが、それぞれ人型になった。

違う、そうじゃない。人型になって欲しいとは思ったけど、そうじゃないんだよ。いきなり妹が五人に増えてお兄ちゃんはびっくりだよ。

五人の葵はそれぞれ白のセーラー服を身に着けているが、髪の色やリボンがそれぞれの色を示してくれているので、どの葵がどの葵なのかはすぐにわかる。表情もちょっとずつ違うし。

そして元の葵は百三十五センチほどの身長だったが、現在は百十センチほどになっていた。七歳の頃の葵って感じの見た目かな。

「よし、じゃあ整理するぞ。まず、葵たち――っていうのも変な感じだけど、ともかく葵たちの種族は『ミソロジースライム』。全員が葵ではあるが、分かれた人格によって個性が出ている。合体すると、昔の葵になる。人化のスキルは、どっちの状態でも使用可能」

結界の傍というのも落ち着かないので、中心地である世界樹の根元まで移動しながら、葵たちと話す。

「そんな感じでござる」

「……紫の葵、個性強くない？」

「好きだった漫画の影響でござる。ニンニン」

そうらしい。俺の知らないところで忍者ごっことかしていたのかもしれないなぁ。

そして彼女たち、全員がレベル２５００らしい。合体状態では、５０００になるとのこと。俺が言ったら嫌味に聞こえるかもしれないけど、強くない？

強そうな蛇の魔物を一撃で消し飛ばした時点でレベルが高そうだなぁとは思っていたけど、予想通りのレベルの高さだった。メノさんに伝えたら、また肩を落としてしまう気もする。

「お母さんはね、人化までもう少し時間がかかるんだって」

世界樹のすぐそばまで来たところで、青色の葵がそう言いながら上を見る。

「――母さんも転生してくるのか!? 本当に!?」

もう一生分驚いた気がするんだけど、まだ驚きは続くらしい。

葵たちは「もう転生してるよ?」「ここにいるでござる」「気付いてなかったんだ～」と騒ぎ始める。彼女たちは全員、世界樹の幹をぺたぺたと触っていた。

「……えぇ？ まさかこの世界樹が、母さんなの？」

木の葉を見上げながら、呆然と口にする。

すると、まるで肯定するかのように、果実が六つ――人数分ぴったり落ちてきた。

おぉ……考えることが多すぎて頭が痛くなってきたぞ……。

「展開が急すぎる、頭が追いつかん。それにしても母さんも葵も、本当によかったのか？ 人の姿になれるとはいえ、人じゃないんだぞ？」

ずきずきする頭を押さえながら問いかけると、

「私もお母さんも、即答したよ。だって健康な体でみんなにまた会えるんだもん。魔物だとか人だとか精霊だとか、ちっちゃい問題だよ」

そう言って、青の葵が笑みを浮かべた。他の四人も同意するように頷く。

逆の立場だったとしたら、俺も同じことを言いそうだなぁ。

「なぁ葵」

「「「「なーに？」」」」」

「お、おう、そりゃそうなるよな」

というわけで、五人の葵にはそれぞれ名前を付けることにした。

青の葵、赤の葵、緑の葵、黄の葵、紫の葵——全員が葵であることには間違いないのだけど、葵たちが『名前を付けて』とせがんできたので仕方がない。

青色の葵は、ソラ。

赤色の葵は、アカネ。

緑色の葵は、ヒスイ。

黄色の葵は、ヒカリ。

紫色の葵は、シオン。

俺の限られた語彙力から必死に抽出したにしては、まぁまぁいい名付けができたんじゃなかろうか。母さんが人化するまで名前を付けるのを待つという手段もあったのだけど、葵にもその時期がいつになるのかわからないから俺が決めることになった。

反応は上々、大満足の様子。

「一か月ぐらいこの世界のこととか魔法のこととか色々お勉強してきたんだよ！　だからサポートは任せて！」

い、一か月ぐらいお勉強してきたぁ？　俺がこの世界に来て、まだ一日しか経っていないんだけど、いったい時系列どうなってんだ。

「一か月って――こっちに来てまだ二日目なんですけど」

「天界だと時間の流れが違うんじゃない？」

『じゃない？』ってあなたね……まぁ人知の及ばぬ力ということで納得するしかないか。

それに加えて、青色の葵――ソラが天界で得た知識を俺に披露してくれた。

曰く、どうやら俺たち転生者にはそれぞれ根幹となる未練があるとのこと。基本的な性格は変わっていないが、その未練を抱えて転生したお陰で特定の想いが強くなっているらしいのだ。

俺は『つらい思いをしてきた人を幸せにしたい』というもの、そして葵は『兄である俺を助けたい』というもの、そして母さんは『自分の子供たちを守りたい』というもの。

アルディア様がそう言っていたと、ソラが教えてくれた。

「まぁ別にお兄ちゃんは元からそういう感じだったし、あたしは動けなかっただけで気持ちはずっとそうだから、変わんないよ」

「俺も自分が地球のころと比べて、特別変な考え方とか行動をしてるとは思わないもんな……」

葵は七歳から死ぬまでの間、ほぼ寝たきりで生活していた。時折『何もできなくてごめんなさい』と俺に謝っていたから、そういう未練があったとしてもなんら不思議ではない。

……暗い話は止めよう。

目の前に楽しそうに走りまわっている葵がいるのだ。

今の俺たちに、暗い雰囲気は似合わないだろう。元気な葵がいて、これから母さんにも会える未来があり、俺はもう一人きりではないのだ。

「すぱぁーん！」

「拙者も！　拙者も居合切りしたい！」

ヒカリとシオンの二人が、俺が倒しておいていた木材をせっせとカットしている。当たり前のように魔力でできた剣を使いこなし、当たり前のように大きな木材を肩に担いで運んだりしていた。

ちょっと元気すぎやしませんかキミたち。

病弱なイメージしかないから、見ていてすごく怖いんですけど。

「いまヒカリたちが切っている木材、建材としてすごく優秀って言ってた。腐らないし、湿度の影響での狂いがほとんどないって」

いつの間にか、緑の葵――ヒスイが俺の傍にやってきていた。

「なるほど。ちなみに今ヒカリたちは何の作業をしてるんだ？」

「家に使う用にカットしてるとこ。私たちの家を作る」

「おぉ……」

それは非常にありがたいけど……なんで葵がそんな知識を持ってるんだ？　あれか？　建築技術も天界で学んできたってことか？

「あとでお兄ちゃんとどんな家にするか会議する予定」

「俺は後回しで構わないからさ、葵と生贄の子の部屋を優先して作らないか？　ほら、俺は洞窟があるからさ」

「ダメ。お兄ちゃんが最優先――って言っても、たぶんどっちも明日までには間に合うから大丈夫」

「間に合うんだ」

それにしても俺最優先か――葵ならそんなことを言いそうな気がしたけども。

昔から『自分のことも考えて』と口酸っぱく言われていたもんなぁ……でも、病気で苦しんでいたのは葵や母さんなのだから、まだ体が元気だった俺が二人のことを気に掛けるのは仕方がないじゃないか。

「――よし、じゃあ俺も頑張ろう！　葵が俺のために頑張ってくれるなら、俺は葵のために頑張るからな！」

生贄の子の家ももちろん、最高に住み心地の良い家にしよう！　土地や木材、魔鉱石も大量にあるのだ。残念ながら俺に建築知識はないけれど、筋力99万の力で働きまくってやるぜ。

そんな風にやる気をみなぎらせたのち、作業中の葵を招集して作戦会議を開始。

「では、これより『どんな家にするか会議』を始めます！」

「「「「はーい！」」」」

一人一つ、木を輪切りにしただけの簡単な丸太椅子を作り、それを持ってきてそこに座る。自分の体よりも重そうな丸太を抱えているちっちゃい葵を見ると、まだ違和感がすごいんだよなぁ。しかも、殴ったら軽く粉砕できちゃうだろうし。

「まずお風呂がほしいんだけど、お風呂の作り方とかわかる？」

「わかるよー！　あと、アカネとソラが魔法で火も出せるし水も出せる！」

そう――彼女たちは俺と違って魔法が使える。レベルだけでも驚きだったが、俺と同じく身体操作レベル10を持っているし、魔力操作もレベル10、そしてそれぞれ『○魔法・極』というスキルを持っているのだ。

アカネは『火魔法・極』、ソラは『水魔法・極』のように。

不老のスキルがないのが気がかりだったけれど、どうやら魔物にも精霊にも寿命というものはそもそも存在しないらしい。良かった。

「部屋は人数分作るとして――来客用の部屋も作っておくか？」

「賛成でござる」

「二階建てにするつもりだよ～！　リビングに暖炉とかも欲しいね！」

「ウッドデッキもほしいかも」

「あ、あのテラスも作りたい」

「私は家具にこだわりたいなぁ」

シオン、ヒカリ、ヒスイ、ソラ、アカネの順にそれぞれが要望を出していく。

彼女たちができるのなら俺に断る理由はなにもない。全部やっちゃおう！

「よし！　全部許可！　全部やるぞ！　たぶん俺は『魔導の極み』のスキルのおかげで魔鉱石の扱いはうまいはずだから、釘とか丁番とか作っていこう！　他にも必要なパーツがあったらどんどん言ってくれ。あと作業中、結界の外に――というか、俺からあまり離れたところにいかないでくれよ？」

「「「「「わかった！」」」」」

五人が揃って右手を上げて、元気に返事をしてくれる。なんだかこの光景に涙が出そうになるなぁ……葵が目の前にいるという現実が、これ以上ないほどに嬉しい。五人に分身はしているけれども。

「建築場所は母さん――世界樹の傍にしたいけど、まだ大きくなるって言ってたっけ？」

「うん！　いまたぶん太さ三メートルぐらいだけど、八十メートルぐらいになるって！」

「……それって、高さ八十メートル？」

「太さ直径八十メートルでござる」

……母さん、いくらなんでもでかくなりすぎでは？　高さの単位がメートルからキロになりそうな気配がプンプンしてるんですけど。


葵たちと共に木造建築に着手する。

家を作るにあたって、唯一問題になりそうだったのがガラスの有無。

しかしこれについても葵は事前に天界で勉強してきたようで、サプラと呼ばれるアロエのような植物——こちらの葉肉部分がとろっとした透明な液体になっていて、これに一定以上の魔力を流すと硬化する性質をもつとのことだった。

これは、ヒスイが担当してくれるらしい。

木材をカットしつつ、同時進行でアカネとソラが木々を組み立てていく。床を張る時に釘は使用していたけど、大部分は木に切りこみを入れて嵌《は》め合わせていく——いわゆる木組みの手法を取っていた。

俺は魔鉱石で必要な金具類を作りつつ、葵たち全員のところで適宜お手伝いの役割をするように動いていた。

で、昼の十二時になったところで休憩&昼食タイムだ。

「この蛇、美味しいんだって〜」

「楽しみでござる」

食事の内容は、完全体葵がぶん殴ったレッドスネークくんである。

体の半分が吹き飛んでいるとはいえ、胴体の太い部分は直径六十センチぐらいありそうだし、とてもじゃないが六人で食べられるような量ではない。

葵たちは手分けして蛇を解体し、薄いピンクの肉を大量に切り分けていく。

「さっきも思ったけどさ、そういうグロテスクなの平気なのか?」

葵たちは平気で蛇の皮をべりべりと剝いだり、内臓を処理したりしているし、蛇を触るのにも全く嫌がる様子はない。俺なんてチャージボアくんの解体中に吐いてるんだが。

もしかして、俺のために無理をしているのだろうか?

「これまであまりそういう経験が無かったけど、私案外平気みたい! 天界でもいっぱい戦ったんだよ〜」

ヒカリはそう言いながらも、蛇の肉に手をかざして魔法を発動させていた。あとで聞いたことなのだけど、これは浄化の魔法らしく、人体に害のある細菌を殺しているようだ。

火を通すから大丈夫だけど、お兄ちゃんに何かあったら嫌だから――ということらしい。

葵たち、戦闘技術なら俺を上回っている可能性高くない? 俺、魔法も使えないんですけど?

ま、まぁ兄としての威厳がどうとかは一旦忘れるとして、とりあえずは目の前の蛇肉だ。

葵たちが言うには『調味料が無くても十分美味しいらしい』とのことだったので、魔鉱石で作った串に、細長くカットした肉を蛇腹状に突きさして、焼き鳥みたいにして焼くことに。

チャージボアもそのままでめちゃくちゃ美味しかったし、期待大である。

「蛇腹にする意味は？」

「こっちのほうが蛇っぽいもん！」

ヒカリが元気よく答えてくれた。たしかに蛇っぽい。

だけどさ、こういう場合は蛇っぽさを無くしたほうが食べやすかったりするんじゃなかろうか
——とも思ったけど、葵たち平気そうだなぁ。俺が一番ビクビクしちゃってる気がする。だって蛇を食べたことないんですもの。

葵たち、カエルとかイナゴとかも平気で食べそうな気がしてきたな。

「兄上！　拙者の見て！　ねぎま！」

シオンがそう言って俺に見せてきた串には、形状だけ見ればたしかにねぎまっぽい蛇肉が刺さっている。ている。まぁ美味しく食べるのならいいでしょう。

そんなことをしている間に、アカネとソラとヒスイの三人がてきぱきと焼き鳥屋さんにありそうな焼き場を石で作ってくれており、既に木材にも着火してくれている。

木材に付いた火が良い感じにおさまるのを待ってから、みんなで串を並べた。火からは距離を多めに取っているので、じんわりと焼く感じらしい。

肉からしたたる脂が火元に落ちるのをみんなで眺めつつ、話をする。

「いきなり飛んでくるから、びっくりしたんだぞ」

苦笑しながらそう話を振ると、五人がつらつらと自らの言い分を口にする。

「だってこの蛇、お兄ちゃんに向かって『シャーッ』ってしてたんだもん」

「私たちもシャーってなっちゃうよ」

「兄上の敵は拙者たちの敵でござる」

「今度は私たちがお兄ちゃんを守るの」

「再会を邪魔された気分だった」

アカネ、ヒカリ、シオン、ソラ、ヒスイの順に言って、そろって拗《す》ねたように唇を突き出す。みんな同じ表情をするものだから思わず笑ってしまった。人格が分かれているとはいえ、似た部分はあるらしい。

不思議なんだよなぁ。それぞれ違う性格っぽいんだけど、みんなが葵っぽさを持っているというかなんというか。

「そんな顔するなって。ほら、そろそろ引っ繰り返したほうがいいんじゃないか？」

「「「「「はーい」」」」」

返事をした葵たちは、和気藹々と賑やかに串を動かす。

そろそろ焼けたかな――となったところで、最初に動いたのはシオンだった。

「兄上！　拙者が育てたねぎまあげる！」

「「「「私のも食べて！」」」」

「いやいや、自分で作った分は自分で――ごめん、なんでもない。いただきます」

断ろうとした瞬間、めちゃくちゃ悲しそうな顔をされたので受け取ることにした。

まず、シオンの作ったねぎま（オール蛇）を食べる。

少しカリっとなるぐらいまで焼いていたけど、ところどころから脂がにじみ出ている。まだ熱々なので、ぷちぷちと表面には気泡が立っていた。結構きつい匂いがするのかなと思っていたけど、ほんのり肉を焼いたような香ばしさがあるぐらいで、嫌なものではなかった。

息で少し冷ましてから、実際に食べてみる。見た目が焼き鳥っぽいからあまり蛇に対する忌避感はなかった。

「――あふっあふっ……んん。おぉ――、魚っぽい？」

歯ごたえは、やや弾力強めの鶏肉って感じ？　見た目的に淡泊な味かと思ったけど、噛めば噛むだけジュワリと味がにじみ出てくる。これはたしかに、味付け不要だわ。

「葵たちも食べな、美味いぞ」

そう声を掛けるが、みんな頑《かたく》なに食べさせようとしてくるので、一口ずついただくことにした。

これも数年ぶりに兄に甘えていると思えば、嬉しいもんだ。

そして蛇を食べ終わって一息ついたところで、母さんがボトボトと世界樹の果実を落としてきた。

しかもただ落とすだけではなく、バサバサと木の葉を揺らして落とす前にアピールしてくれるから、キャッチも楽だった。いままでは無音だったからありがたい。

「ありがとう母さん」

上を見上げてお礼を言うと、俺に続いて葵たちもそれぞれ木の葉を見上げて『ありがとう』と感謝の言葉を口にする。一人二個ずつ落ちてきた。

なんとなく雰囲気で上を向いたけれど、母さんの本体部分ってどこなんだろうな……木の幹だったら申し訳ない。

「この分なら、本当に今日中に二棟ぐらい作れちゃいそうだな……」

午前も合わせて、作業開始から一時間。すでに一階部分の床は貼られているし、木枠で全体像も見えてきている。

……想像以上にでかくなってしまった。

なにしろ、個人の部屋が六つに来客用の部屋と作業部屋があるのだ。普通の一軒家の三倍ぐらいの大きさになってしまうのは仕方のないことではなかろうか。まぁ土地はめちゃくちゃ広いし、誰の土地でもないんだから別に気にしなくていいよな。

「葵たち、本当にすごいよ。疲れたら休憩時間なんて気にせず、すぐに休んでいいんだからな？水分補給もしっかりするんだぞ？」

もともと彼女は心臓が悪かったから、入院する以前から走ったりすることは医者から禁止されていた。いまでは走り回ったり飛び回ったりと自由に動き回っているけれど、たぶん前世の反動もあるんだろう。

それにしても、動き回りすぎな気もするが。

お兄ちゃんは心配でハラハラしちゃいますよ。

「いっぱい体動かせて楽しいよ！」

「むしろ動き足りないでござる」

ヒカリとシオンがそう言うと、それに続いて他の三人も『楽しい』という感じのニュアンスの言葉を口にした。楽しんでいるならそれを止めようとは思わないけど、やっぱり病弱だった頃の葵の印象が強いから、どうしても心配になるんだよな。

「体は完璧に治ってるんだよな？　調子が悪いところとかは？」

「大丈夫だよ、本当に元気いっぱいだから」

ソラが代表して答えてくれて、その言葉に四人が同意する。

その後、四人に『心配しすぎ』とからかわれたり、バク宙を披露してくれたシオンにパンツ丸見え問題を注意したりしていると、メノさんがやってきた。

「……何がどうしてこうなってるの……？」

目がまん丸に見開かれている。

視線は世界樹――そして椅子にお行儀よく座っている葵たちに向けられている。まぁ彼女が昨日の夜来た時と状況がかなり変わっているから、驚くのも無理はないか。

ちょっと離れたところには、完成間近の家まであるし。

説明が長くなりそうだから、メノさんにも丸太椅子を用意してそこに座ってもらうことにしよう。

一通り説明を終えると、メノさんは俺にジト目を向けながらそう口にした。

「……頭おかしい」

俺のステータスを説明したときと同じような反応だなぁ。でも少し俺で慣れてしまったのか、事態を飲み込むのはわりと早かった。

「……こんなもの、食べられるわけない。伝説上の食べ物」

メノさんの前には、木の皿の上に並べられた世界樹の果実。八等分にカットしており、ウサギさんカットにもチャレンジしてみた。器用のステータスや身体操作スキルのおかげなのか、めちゃくちゃ上手にできた。

「いやでも、母さんは結構ポイポイくれますよ？」

そう言って上を見ると、ほれほれといった様子で世界樹の果実が追加で二個落下してきている。

今朝から結構な量の果実を食べているのだけど、実っている果実は減るどころか増えている気がするんだよなぁ。

俺が両手に持った世界樹の果実に視線を向けたメノさんは、諦めたようにため息を吐いた。そして椅子から立ち上がり、右手を胸に当て世界樹に向かって綺麗な礼をしたあと、俺や葵たちにも

「ありがと」と口にする。

果実に突き刺さったつまようじを恐る恐る手に取り、メノさんは半分ほど口に入れる。咀嚼中は目を閉じて、分子レベルで味わっているかのようにゆっくりと口を動かす。

ヒカリやシオンのバクバク食べている姿を見たら彼女はどう思うのだろうか。どうせ見ることになるだろうから、今から楽しみだなぁ。

「……世界樹の果実は、あらゆる病を治療すると言われている。健康体の私には、もったいなさすぎるもの」

「そりゃすごいですね。もしかして、これって外で売れたりします？　それでメノさんに負担してもらったものをお支払いとかできればいいんですけど……」

この世界的には、ヒカリが使用できる光魔法や、ポーション——薬みたいなもので怪我や病気を治癒しているらしい。なんでも治療できる薬になるのなら、結構な値段で取引できるだろう。

俺がそう言うと、彼女は「無理に決まってる」と再びジト目を向けてきた。

「……こんなものがこの世界にあると知られたら、それこそ戦争の火種になりかねない。そもそも値段が付けられるような代物じゃない。これを食べたことで、むしろ私がアキトに借りを作ってるようなもの」

「いやいや！　本当に気にしなくていいですって！」

俺の言葉に同意するように、新たに世界樹の果実が五個落ちてきた。それを見て、メノさんはげんなりとした表情を浮かべる。

「……深く考えないようにすることにした。これはプルアこれはプルアこれはプルアこれは――」

メノさんは、呪詛のように『これはプルア』という言葉を吐き続ける。

あとで聞いたのだけど、プルアとはこの世界でメジャーな果物で、だいたい一つ二百円ぐらいの物らしい。見た目が似ているから、それだと思い込むことにしたようだった。

ぶつぶつと自分を洗脳するような言葉を吐き終わったメノさんは、空を見上げて再度ため息を吐く。

「……この結界も頭おかしい」

「――あぁ、そう言えばこれも聞こうと思ってたんですよ。これも世界樹の力って感じなんですか？」

家作りに没頭していたことと、果実に衝撃を受けるメノさんを見ていたらすっかり忘れてしまっていた。

俺にはこれが『結界っぽい何か』ということしかわかっていない。

葵もこれについてはよくわかっていないらしく、仲良く五人で首を傾げている。なんか五人同時に同じ行動を取っていると可愛いな。

「……たぶんそう。私が用意した結界の魔道具より強力――それに、『この言葉も聞こえるはず』」

「……？　普通に喋ってるだけですよね？」

ちょっとだけイントネーションに変化があったかな——とは思うけど、そこまで大きな変化ではない。

「……いま私は、この世界の言葉で喋ってる。アキトの発音が急に変わったからもしかしてと思ったけど、この結界内では勝手に言語が翻訳されてる。私は日本語がわかるから、アキトの言葉も日本語のまま聞こえてるけど、少し変化してる」

な、なるほど。

生贄の子と意思疎通を図るにはメノさんの通訳が必要かもしれないと思っていたけど……神様はこういう手段で解決するつもりだったのか。

俺に翻訳スキルを渡さなかったのは、やはり俺にここに居座って欲しいからなんだろうなぁ。

「……あともう一つ、この結界の中は魔素をほとんど感じない」

「それって良いこと……なんですよね？　ほら、魔素酔いとかありますし」

半年ぐらいはつらい思いをするかもしれないと言っていたから、魔素が薄いに越したことはない。

でも、メノさんの表情は手放しに喜んでいるという様子でもない。

「……メリットとデメリットがある。レベルは上がりにくくなるし、作物の成長も普通——だけど、アキトの言う通り、魔素酔いの心配はなくなる」

なるほど。文脈から察するに、魔素が濃い場所だと本来は作物の成長スピードが速かったのか。

でも、そのメリットが結界によって無くなってしまったと。

「レベルや食べ物はなんとかなるでしょう。それよりも、リケットさんが苦しい思いをしなくて済むのなら、それに越したことはないです」

俺がそう言うと、メノさんは「アキトならそう言う気がした」と口にして微笑む。

なんだか俺を過大評価してくれているようでくすぐったいんだけど、否定しても仕方ないしな、お褒めの言葉としてありがたく受け取っておこう。

話が一段落したところで、俺の隣に座るアカネがツンツンと俺の脇腹をつついてきた。わかってますとも。簡単にしか紹介できてなかったもんな。

というわけで、メノさんに葵のこともきちんと話した。

最初は世界樹のことを優先して『俺の妹です』とふんわり説明していたのだけど、魔物であるということを説明すると彼女は目を見開き、『ミソロジースライム』という種類であることを伝えるとぽかんと口を開いた。どうやら七百年生きている彼女にとっても、初めて聞く名前らしい。

それから各々がレベル２５００、さらに合体すればレベル５０００ということを知った彼女は、もう驚くことをやめていた。

「……この島は例外が多い。アキトと家族も例外だと思うことにした」

「あ、ハイ」

諦められてしまった。

俺としても、世界樹の母さんだったり、分裂した葵だったり、九ばかりの俺のステータスだったりと突出したものばかりだなぁと思うから、彼女の感想も仕方がないことだと思う。

「……でも、楽しそうでよかった。アキトは、人のことばかり考えすぎ」

優しい口調でそう言ってくれたメノさんに、勢いよく立ち上がった葵たちがぐいぐいと距離を詰めていく。

「そうだよね！　メノお姉ちゃんもそう思うよね！」

「メノお姉ちゃん！　もっとお兄ちゃんに言ってあげて！」

「拙者も同意！　同意同意！」

「そう言ってくれる人が身近にいてよかった」

「わ、私もそう思う！」

アカネ、ヒカリ、シオン、ヒスイ、ソラ――それぞれが俺への不満をぶつけるように口にする。

その勢いに、メノさんは引きつった笑みを浮かべてたじたじになっていた。

別に俺だって人のことばかり考えているわけじゃないんだけどなぁ。

自分の生活だってちゃんと気にしているし、誰かれかまわず幸せにしたいと思えるような聖人君子ではない。

病気で苦しんだ葵や母さん、そしてつらい思いをしてきたであろう生贄の子に関しては、優先しようと思ってしまうが。

なんだかこの六人で変な結束力ができてしまいそうで怖いなぁ。

でもそれと同時に、メノさんと葵が仲良くなってくれたらいいとも思う。メノさんとしては不老の友人が欲しかったようだし、葵も俺とばかり話していてもつまらないだろうし。

精神年齢がかなり離れてしまっているのが気がかりではあるけれど、彼女たちなら、案外うまくやれそうな気がした。

「さて」

メノさんが世界樹の果実の味を噛みしめつつ葵たちと話している間、俺は洞窟そばの川にやってきていた。

「できれば驚かせてあげたいしな」

俺は葵たちやメノさんに『洞窟から魔鉱石を持ってきておく』と言ってこちらに一人でやってきたのだけど、本当の理由はそうじゃない。

葵の大好物は、魚なのだ。肉や果物が嫌いというわけではないが、魚が好きなのだ。

「食べられるような魚がいればいいんだけど」

海に向かって全力疾走するという方法も考えたけれど、あまり時間がない今日はこの川で我慢することに。見た感じ魚は泳いでいるようだし、このステータスがあれば捕まえられないってことはないだろう。

以前チャージボアを倒したときに架けた丸太の橋――その中心に腰を下ろす。向いている方向は上流側。

流れに逆らうような形で、俺は手を川に向けた。

そして、魔力を操作。細い魔力の糸を大量に出して、更にその糸同士を横糸で繋いでいく。そうして出来上がった横長の網を、水の中に入れた。魚を捕まえる網というよりも、バーベキューで使う網って感じだ。

川の流れによってそれなりの負荷が魔力網にかかるはずだけど、筋肉への負担はまったくなかった。金魚すくいをするような感覚である。

障害物を避けながら徐々に網を水中で伸ばしていって、次は水中の生き物を包み込むように水上へと伸ばす。引き上げてみると、ぴちぴちと数匹の魚が魔力の網の上で跳ねていた。

「おぉ！　二――三匹か！　結構簡単にとれるもんだな」

網にかかったのは手のひらサイズ――だいたい二十センチ前後の魚だった。見た目はイワナとかその辺りに近いかな。

網に引っ掛かっていた小魚はリリースして、それなりの大きさの魚だけを持って帰ることにする。

魔鉱石を使って作ったバケツに川の水を汲んで、その中に魚を入れた。

「最低でも一人二匹ぐらいはとりたいなぁ。メノさんの分も入れると十二匹――あぁ、俺の分もとっておかないとみんなに怒られそうだから、十四匹か」

ナチュラルに自分を数に入れていなくて、『こういうところで怒られるんだろうなぁ』と一人苦笑。

川についてからわずか十分ほどで、俺は目標の十四匹を集め終えることができたのだった。

葵たちが待つ場所に帰ってくると、相変わらず六人はテーブルを囲む形で切り株に腰掛けていた。

だけどただ話だけをしていたようではないらしく、テーブルの上には木製のコップやお皿、カトラリーなどがいくつも並べられている。

いままさに作りかけのものもあるし、みんなで食器を作っていたようだ。

こちらに気付いたメノさんは、俺の持つ魔鉱石製のバケツに首を傾げていたが、葵たちは即座にこちらへ走ってきた。

「「「「お魚だ！」」」」

「おう！　どうやって食べる？　って言っても、今は塩すらないから串に刺して焼くぐらいしか思い浮かばないけど」

「「「「それでいい！」」」」

葵たち、大興奮である。人格が五人に分かれているらしいから、好みも分かれてしまったのだろうかと一抹の不安があったけれど、それは大丈夫だったらしい。

「メノさんの分もとってきたんですけど……食べます？　というか、食べられますかねこの魚」

毒があったりしたらマズい。

そして彼女のこの世界での立ち位置を考えると、その辺でとってきたこの魚を渡すのはかえって失礼なんじゃないかなぁと思ったが、メノさんは自信満々のドヤ顔で「塩ならある」と空間収納から小さな白色のボトルを取り出した。

「……ここの魚は、美味しい。私もここで自分用にとったりする」

どうやらメノさん的にも好きな食べ物らしい。じゃあ七人で楽しくお食事タイムといきますか。

「ぬめぬめ～」

「べたべた～」

葵たち五人が、魚――コルタの下処理をしてくれている。

メノさんがくれた塩でぬめりを取って、腹を裂いて内臓を取り出し、ソラが水魔法で綺麗に洗い流す。最初は俺もメノさんも一緒にやろうとしていたが、五人が『やりたい！』と意思を表明してきたので、特に希望がない俺たちは別の作業をすることに。

黄色い声で楽しそうに作業をする五人を見守りながら、俺とメノさんは木の枝で串を作ったり、焚火の準備を行ったりしていた。

母さんも一緒に楽しんでほしいけれど、万が一燃え移ったりしたら目も当てられないので、蛇を焼いた時と同様、幹からは少しだけ距離を取らせてもらっている。仲間外れにしたわけじゃないからね。

「メノさんは普段どうやって食べてるんですか？」

「……一緒。下処理して塩を振って焼くだけ。コルタは塩焼きが好き」

「なるほど、楽しみですね」

「……期待していい」

ふふん――と自信ありげに笑みを作ったメノさんは、風よけ用の石で囲んだ焚火の中にせっせと枯れ枝を投入している。楽しそうだ。

メノさんが順調に作業を進めているなか、俺も串が完成したのでそれを持って葵たちの下へ。

「「「「私が刺す！」」」」

我先にと俺から串を受け取ろうとする葵たちに順番に渡すと、アカネに「はいどーぞ」とすでに塩の振ってある串刺しのコルタを二つ渡された。メノさんにはヒカリが持って行っているようで、彼女もまた「はいどーぞ」と二匹のコルタを渡していた。

「遠火で焼けばいいんですかね？」

「……うん。いつもそうしてた」

まずメノさんが焚火から少し離れたところで、コルタの刺さった串を角度をつけて地面に刺す。俺や葵もメノさんを真似て、同様に地面に突き刺した。

メノさんが『風があるから』とちょこちょこみんなの刺した串を調整してくれたのち、待つこと一時間弱――思った以上に時間がかかっていた。

俺はてっきり『五分とかで焼けるのかなぁ』と思っていたけど、遠火で焼くとなると結構時間がかかるらしい。その事実をメノさんから教えてもらった瞬間、俺は葵たちのうるうるした目に負けてもう一度川に走った。どうせ時間がかかるなら、たくさん焼いていたほうがいいですもんね。結局、焚火を囲う魚の数は倍になった。

「……もう食べていい」

唯一の焚火塩焼き経験者であるメノさんからお許しがでると、わっと葵たちが盛り上がる。大人である俺も、つい「おぉ！」と喜びの声を上げた。だってめちゃくちゃ美味しそうな匂いがずっとしてるんですもの。エサを前にした犬がよだれを垂らす気分がすごく理解できた。

「火傷には気を付けるんだぞ」

「「「「はーい！」」」」

俺が注意の言葉を言うよりも前に、彼女たちはすでに串を手に取ってしまっていたけども。葵たちの動きが速すぎた。さすが魚好き。

焼けた魚を三百六十度色々な方向から眺めている葵を見て和んだのち、俺はメノさんに目を向ける。彼女は串を両手で持ち、今まさに魚にかぶりつこうと口をパカっと開けているところだった。

彼女は俺と目が合うと、ゆっくりと口を閉じて魚を口元から遠ざける。

「……私だってお腹空いてる」

ムスッとした様子でメノさんが言った。いや、別に何も言ってないですよ。『お腹空いていたんだなぁ』とは思ったけど。

「……アキトも食べて」

どうやら俺に見られたことで一番に食べるのが恥ずかしくなったらしく、彼女は俺に地面に刺さった串を一本引き抜いて手渡してくる。

「お兄ちゃん！　美味しいよ！」

「ホクホクでござる！　骨までボリボリでござる！」

ヒカリとシオンはすでに食べ始めているようで、アカネ、ソラ、ヒスイの三人は俺が食べるのを待ってくれていたようだ。

待たせても悪いし、じゃあ俺もいただきましょうか。

黄金色に焦げ目のついたコルタの塩焼き。俺は葵と違って魚が大好物ってわけじゃないけれど、こういう焚火で作る食事には憧れていたんだよなぁ。

シオンが骨までボリボリしていたようなので、遠慮なく背にかぶりつく。

「――ほっ、あふっ……ん。おぉ……これまた美味いなぁ」

白身のことしか考えてなかったけど、皮も塩味が利いてるし、結構歯ごたえがあって美味しい。口の中で白身がほろほろと崩れている最中にも、皮からどんどん味がしみでるような感じだ。白身はややたんぱくな味わいではあるが、癖がなく万人受けしそうな印象。

これは皮と一緒に食べたほうがいい魚だなぁ。

「……コルタは皮が美味しい」

「俺もそう思いました」

メノさんもいつの間にか魚を食べ始めていたようで、彼女の持つ魚は小さく半円状に削られていた。口の端に焦げた魚の皮がくっ付いているのが可愛い。

指摘するか迷っているうちに、メノさんが俺の視線に気付いて自分で拭きとった。顔を赤くして睨まれてしまったが、二口目を食べるとすぐにご機嫌になった。

彼女が七百歳を超えているってこと、ついつい忘れそうになっちゃうんだよなぁ。

本人としては、年齢についてどう考えているんだろうか。年上として扱ってほしいのか、それとも同年代として扱ってほしいのか。七百歳の人と話したことがないからさっぱりである。たぶん今の俺が考えてもわからないだろうな。

あと七百年が経てば、わかるようになるんだろうけど。

「家具とかそういうのは後回しで、とりあえず形を作っていこう。あまった時間で整えていく感じでよろしく」

食事を終えたら、みんなで後片付けをして作業再開である。

葵たちに向けてそう言うと、五人は手をグーの状態で掲げて『おーっ！』とやる気をみなぎらせていた。

「おー」

葵たちの横で、なぜかメノさんも同じように空に向かって拳を掲げていた。

「メノさんは真似しなくていいんですからね？　……それと、もしよかったらメノさんの分の家も作りますか？　ほら、時々この島に来られているようですし、この世界樹の結界の中でなら落ち着けると思うんですけど」

「……転移があるから大丈夫」

「そ、そうですよね」

メノさんがいつでもくつろげる家があったら、この島にくる頻度が上がって葵的にも嬉しいだろうし、俺としても話し相手がいて楽しくなるだろうなと思ったけど、たしかに転移があれば必要ないですよねぇ。

無理強いをするつもりはないので、すぐに引くことにした。ちょっと寂しいけど。

「……でも、手伝う。魔物を間引くついでに、魔道具用の魔石を集めてくる」

「とても助かります――そういえば魔石って魔物からとれるって言ってましたけど、どこにあるんです？」

「……心臓」

なるほど、だから俺がチャージボアを倒したとき、魔石を見つけられなかったんだな。心臓部分は吹き飛ばしてしまっていたからなぁ。

「……晩御飯はお肉」

「食べられる量ぐらいにしておいてくださいね」

「……わかった――それと、これ」

俺に返事をしたあと、メノさんは葵たちのほうを向いて、テーブルの上にゴトゴトといくつかの魔道具を置いていく。

「……灯の魔道具と、水の魔道具と、火の魔道具。好きなだけ使っていい。足りなかったら言って」

なんでもないことのように言っているが……これってたぶん、安い物じゃないよな。

「あの、メノさん、これって一ついくらぐらいするんですか？」

「……基礎魔法の魔道具は、一般的に一万ディア」

十万円……か。

それがこの世界の人にとって高いのか安いのかは判断に困るところだが、一ディアも持ち合わせていない俺からすると、そんなの関係ない。買えないことには違いないのだから。

もし俺一人の問題だったなら、断っていたと思う。

だけど、葵たちや生贄の子のことを考えると、俺に断る権利なんてないだろう。俺の気持ちの問題で彼女たちの生活の質を下げるわけにはいかない。

この島は別の大陸から隔離されている――いわば別の世界だ。

だからといってメノさんの厚意を頼りにして、ただただ貰い物だけで生活環境を改善していくというのは、間違っていると思うのだ。

「魔道具って、勉強すれば俺にも作れるでしょうか？」

魔石を入手する手段はある。魔物はこの島にも生息しているから。

仕組みや作り方さえわかれば、この島のものだけでなんとかなったりしないだろうか。

「わ、私もやりたい！」

「モノづくり楽しそう」

メノさんが返事をするよりも前に、ソラとヒスイが声を上げる。

本当にやりたい気持ちがあるのか、それとも俺を助けたい気持ちゆえなのかはわからないけど、どちらにせよ嬉しいことだ。

「……できる。私が教えられる」

どうやらメノさんは魔道具作りについても知っているようだ。ありがたい。

彼女は強いし、可愛いし、優しいし、知識も豊富だし——改めて本当にすごい人なんだなぁと思う。だからこそ、そんな人に助けられてばかりで申し訳ない。

「……いまアキトが抱いている気持ち」

「——？」

メノさんは真っすぐに俺を見つめている。

吸い寄せられるようで、まるで『目を逸らすな』と言っているような気がした。

「……私が言えたことじゃないけど、きっと生贄の子——リケットもアキトと同じようなことを思うはず。よく覚えておくといい、それが与えられる側の気持ち。それが幸せなことかどうか、考えてみて」

メノさんはそう言うと、森へ向かってテクテクと歩き出す。

俺も葵たちも、彼女の背に声を掛けることはできなかった。

与えられる側の気持ち——か。状況が状況だったとはいえ、葵が俺に対して『サポートしたい』と思ってしまっているのも、俺のこの性格のせいなんだろうな。

うっすら気付いていたけれど、目を逸らしていた部分ではある。

「……お兄ちゃん？」

大丈夫？　とでも言いたそうにしながら、葵たちが心配そうに俺を見上げる。

「生贄の子にも、しっかり働いてもらえばいいってことだよな。——それと、本当にメノさんが言えたことじゃないだろうに」

あの人は優しい。生贄の子に、そして俺たちに対して無償で資材を放出しているし、時間も労力も使ってくれている。

狩りから帰ってきたら言い返してやろうかな。

俺にもあなたに恩返しをする機会を与えてくれ——って。

午後三時過ぎ、とうとう俺と葵の住む家が完成した。

葵たちはめちゃくちゃ頑張ってくれたし、俺は俺で、魔道具を壁に取り付けるための金具や水を流す配管づくりなどを頑張った。

こんなことに魔鉱石を使っていると知られたら、またメノさんに怒られそうな気はするけども、便利なんだから仕方がない。多少の柔軟性を持っているようなので、割れたりすることもないだろう。

一階は、リビングとダイニングキッチンを一緒にした大きな部屋。まだ家具などが無いから本当に何もない場所だ。

かろうじてリビングに暖炉、そしてキッチンに昔ながらのような石造りの台所があるぐらいである。たぶん、三十畳ぐらい。

そしてお風呂ももちろんある。

こちらは十畳ほどあり、『旅館の温泉かな？』と思ってしまいそうなぐらい広い。まぁ土地に関しては気にする必要がないぐらい広いようだし、葵たち五人が同時に入ることを考えると、これぐらいあってもいいだろう。

その他に、一階には客室と作業部屋、外にはウッドデッキもある。

二階には葵たちと俺の部屋が一つずつあって、テラスがあるといった感じだ。これを日本で建てようとしたら、いったいいくらかかるのやら……土地代だけでも結構な値段になりそうだなぁ。

「リケットさんの分は――平屋のほうがいいのかなぁ」

俺の中で一軒家というと二階建ての印象が強いのだが、一人暮らしとなると絶対掃除がめんどくさくなるだけだよなぁ。

「いちおう俺たちと同じように作業部屋は付けるとして、客室と寝室、それとリビングダイニングキッチン――って感じで良いかな？　余裕があったらうちみたいにウッドデッキもつけよう」

「「「うん、わかった！」」」

もちろん、トイレやお風呂は標準装備で。

家を建てる場所は、俺の家から十メートルほど離れたところ。これだけ広々とした敷地があるのだから、庭は広くとっても構わないだろう。

葵たちにリケットさんの家をお願いしてからは、俺は家具作りに取り掛かった。家を作り始める前はこんなところまで手が回る予定ではなかったけれど、まぁ良い誤算だ。

場所は葵たちの作業現場が見える範囲。病気が治って身体能力もありえないほど高いとはいえ、心配なものは心配なのだ。

「お兄ちゃん、何してるの？」

リケットさんの家が完成間近になったところで、アカネが声を掛けてきた。どうやら建築作業も終盤にさしかかり、手すきになったらしい。

「リケットさんの家のダイニングテーブルだよ。一緒に食べることもあるだろうけど、それはうちでいいかなって思って。かといって二人掛けだとちょっと寂しい感じがしたから、四人掛けにしてみたんだ」

「へぇ、シンプルでいいね！」

「……そう言ってくれると嬉しいよ」

アカネがなんとか褒めるところを絞り出してくれた。本人としては本当に『良い』と思ってくれたのかもしれないけど、俺に後ろめたさがあるために、そう聞こえてしまった。

これは機能性重視なのだ。器用のステータスのお陰で綺麗に作れているけれど、残念ながら俺のセンスでデザイン性を出そうとすると変になってしまう。

そんな美術の評価が2だった俺がいま行っているのは、ぶつかって怪我をしないように角を綺麗に丸める作業である。

「あっちに置いてあるのがうちの分だな。思ったよりでかくなっちゃったわ」

俺たちの家の分は思い切って十人掛け。長細い感じのテーブルになってしまった。

お金持ちの家のダイニングってこんな感じなのかなぁ……いや、さすがにＤＩＹはしてないと思うけどさ。サイズ的にね。

「私たちもそろそろ終わりそうだから、次は椅子を作ればいい？　全部で十四脚？」

「——だな。でも、アカネたちはそろそろ一回休憩したらどうだ？」

「お兄ちゃんだってずっと働いてるじゃん」

アカネがジトっとした目つきで俺を見てくる。

「いや、俺は葵たちほど肉体労働をしてないから——」

「だめ〜。お兄ちゃんが休んだら私たちも休む！」

アカネはそう言うと、腕組みをしてぷいっとそっぽを向いた。

アカネはなんとなく、五人の中でもリーダーシップがあるようなしっかり者のイメージだったけど、こういう仕草は年相応だなぁ。

「……わかったよ。じゃあリケットさんの家が終わったらみんなでこっちに来てくれ。俺も作業を止めて、休憩するから」

「はーい！　みんなに言ってくるね！」

返事をしたアカネは、テテテとリケットさん宅へ向けて走っていく。

また、俺の悪い癖なのかなぁ。もっと自分のことを考えないといけないな……それがきっと、相手を想うことに繋がるのだから。


「……頭おかしい」

夜の七時ごろ――魔物の間引きを終えて帰ってきたメノさんに俺たちの家を紹介したところ、そんな感想をいただいた。

しかし今回ばかりは、俺も言い返させてもらおう。これは別に、頭おかしいラインではないのだ！

「土地は広いですし、材料は余るほどありますし、リケットさんだって自分の部屋があったら嬉しいと思うんですよ」

「……これは自分の『部屋』じゃなくて自分の『家』。それは五万歩譲って納得するにしても、このレベルの建物をこの時間で建てるのは速すぎる」

おや、どうやらメノさんがおかしい判定したのは俺ではないらしい。葵たちのほうだったようだ。

「私たち頑張ったんだよ！」

「メノお姉ちゃんも見て見て～」

アカネとヒカリがそう言いながらメノさんに詰め寄っていく。彼女は口の端をぴくぴくと動かしながら後ずさりしていた。子供の無邪気さには勝てないらしい。

「そう言えば、生贄の子――えっと、リケットさんでしたっけ？　彼女は何時ごろ来るんですか？」

話を変えるために、メノさんに問いかける。すると彼女はハッとした表情を浮かべたあと、がっくりと肩を落とした。

「……また言い忘れた」

「い、いや別に気にしなくて大丈夫ですって！　俺が聞けばよかっただけの話なんですから！」

しょぼんとしてしまったメノさんを慌てて励ます。なんでも自分のせいって思ってしまうタイプっぽいよなぁ。タイミングが悪いだけかもしれないけども。

「……昼の十二時に儀式があるらしいから、たぶんその一時間後ぐらいにはこちらに連れて来る。だから、一時ぐらい——それと、はい」

彼女は口を動かしながら、同時進行で空間収納に手を突っ込んでいた。

そして中からドサドサと魔物を取り出してくる。

見覚えのあるチャージボア、それから大きな鳥の魔物、もこもこした白い毛のヒツジのような魔物。鳥三羽とヒツジ三匹、チャージボアが一匹だ。

「……家の倉庫にあったいらない布がたくさんある」

続いて、メノさんは大量の真っ白な布を空間収納から引っ張り出して、俺や葵にぽいぽいと渡してくる。

「……捨てる予定だった」

「めちゃくちゃ綺麗ですし、新品っぽいですけど？」

「……買ったけどいらなくなっただけ。それと、レストバードとクラウンシープの毛は、布団とか枕の材料にちょうどいい。魔石とお肉だけ取って燃やす予定だったけど、なんとなく持ってきた」

「なんとなくですか？」

「……そう、なんとなく。だから別に、アキトのために持ってきたわけじゃない。だから、アキトが私に恩を感じる必要はない」

視線を斜め下に向けながら、メノさんが言う。

これは、あれか。

今日出掛けるときに、『与えられる側の気持ちを考えて』と言っておきながら、自分が施しをしている立場だと自覚しており、言い訳してるんだな。

ツンデレだったか、メノさん。

葵たちと顔を見合わせて、思わず笑ってしまっていると、メノさんが不満そうにこちらを睨む。

「……それと、やっぱり私の家もちっちゃくて簡単なものでいいから建てて。時間がある時でいい」

「ふふっ、ありがとうございます」

どう考えても、俺たちに魔道具とかの恩返しをさせる機会を与えてくれているとしか思えない。

しかしあまりそういう態度は慣れていないのか、『ちっちゃくて簡単』という言葉を付けているところがなんとも、メノさんらしいなと思った。

「……なに笑ってるの」

「ははは っ、すみません。メノさんはやっぱり、優しい人ですね」

俺がそう言うと、彼女は拗ねたように「頭おかしい」と口にするのだった。

世界樹の近くで焚火をして、それを囲うように七人で座り、俺はメノさんから説教を受けていた。

「……そもそも、たった二日で全部そろえようとするほうが間違ってる」

「おっしゃる通りでございます」

だって生贄としてここにやってくるリケットさんに喜んで欲しかったんですもの。そして葵たちにも不自由のない生活をしてほしかったんですもの。

理想を言わせてもらえば、全ての物がこの島の内部で生まれ、消費される環境にしたかった。だけどリミットが二日という状況かつ、死別した妹も現れた状況で、この現状を解決する手段を持っている人が協力を申し出てきてくれたのだ、断れるはずがない。

でもメノさんの言う通り、慌てすぎていたんだろうなぁ、俺は。

「……簡単な仕事は、残しておいたほうがいい。リケットが何もできなくなる。例えば、結界で魔素が薄くなったとしてもこの土地は栄養が豊富だから、植物が良く育つ。農業とかさせたらいい」

それは俺も考えていた。リケットさんにさせるかどうかまでは考えていなかったけれど、世界樹の果実はあるとはいえ、ほぼ毎食魚と肉ばかりでは栄養が偏ってしまう。落ち着いたら野菜も育てたいと思っていたところだ。

しかし魔素が薄くてもよく育つというのは、ありがたい情報だな。あとは育てやすい作物がこの島で見つかればいいけど……俺はまだこの島の一割どころか一厘も理解していないだろうし、これはおいおい考えていこう。

「……私が外部の物を運んでくるのは、今日で終わりにする」

メノさんは不服そうにしながらも、そう言い切った。

本当は色々世話を焼きたいのだろう。だけど、彼女が言いたいこともわかる。

この島の物は特殊ゆえに流通が制限されているし、そもそも俺や葵に別の大陸と交易する手段はない。

だからお金も、手段も、全てメノさんに依存した形になってしまうのだ。それは健全な生活とは言えないだろう。

スタートダッシュができたとはいえ、もとはと言えばサバイバル生活なのだ。

「本当に助かりました。ありがとうございます、メノさん」

頭を下げてお礼を言うと、葵たちも俺に続いて『ありがとうメノお姉ちゃん！』とお礼を言っていた。だが、メノさんは眉を寄せて不満そうにしている。

「……なんかお別れみたいな言い方でやだ」

「そんなつもりはないですよ!?」

「……ならいい」

『いい』とは言いつつムスッとした表情を浮かべるメノさん。やはり七百歳には見えない。もちろんいい意味で。

その後メノさんは、俺や葵に魔物の解体方法を指導して、一緒に夕食を食べてから転移魔法で自宅に帰って行った。明日は朝からリケットさんを見張るということなので、次に来るときは二人でくるとのこと。

余談だが、夜に枕や布団を俺と葵たちで作製していると、メノさんがやってきてちょっとだけ手伝ってくれた。今回の言い訳は、『暇つぶし』だそうだ。そのおかげで夜の十時前には完成した。ありがたい。

そして二回目のメノさんの帰宅を見送ったその後。

「えー！　いいじゃーん！」

「お兄ちゃん私たちに欲情してるんだ！」

「っ！　浴場で欲情！　どうでござるか!?」

もろもろの片づけを終えたあと、ソラとアカネが湯船にお湯をためてくれた。で、葵たちに「先に入っておいで」と言ったところ、反感をくらっているのが今現在。

つまり彼女たちが何を俺に言いたいのかというと、一緒にお風呂に入ろうよということである。

「まぁ十歳だからセーフか？　他のお宅はどれぐらいで卒業するもんなんだろ」

彼女が入院するまでは一緒にお風呂に入ったりしていたけどなぁ。

「よそはよそ、うちはうち」

なんかヒスイが母さんみたいなことを言っている。そう言われると俺もそう思うのだけど、もし葵に好きな男の子とかができたときに……あれ？

「葵の体って、成長するの？　それとさ、結婚とかできるのかな？」

なにせ人間の姿をしているとはいえ、彼女は魔物だ。

「大人の体にもなれるけど、一番魔力の消費が少ないのがこれぐらいなの」

「あのね、もともと魔人族って、人化した魔物と人族との子供らしいよ！」

「……なるほど」

だとしたら、葵も恋愛をしようと思えばできないことはないのか。少し安心した。

家族で再会するために魔物の体を手に入れて、それで自由が制限されるなんてことになっていたら申し訳ない。問題があるとすれば生贄の子は女の子のみで、現状男子が来る予定がないということだけども。

「も、もしかして、大人の体になってお風呂に入ったほうがいい？」

ソラが顔を赤らめながら、そんなことを言ってくる。んなわけあるかい。

「わかったわかった。一緒に入るからそのままで行くぞ」

「ロリコンだー！」

「違うから！　シスコンならまだわかるけども！」

「じゃあシスコンだー！　きゃー！」

ヒカリがそう叫びながら、俺の背中に飛びついてくる。俺がシスコンだとしたら葵はブラコンだよ。

メノさんみたいな人はたしかに好みだけれど、さすがに七歳児――それも血のつながった妹に欲情なんてできるはずもない。厳密には血のつながりは無くなってしまっているのだろうけど、彼女を家族だと思う俺の心に変わりはないからな。


お風呂は大変だった。

兄妹で一緒に入るとかそういう話ではなく、葵たちがはしゃいで暴れて大変だった。

ことの発端は、おそらくアカネが手で水鉄砲を打ってきたあたりだろうか。

ぱしゃぱしゃなんて可愛らしい音ではなく、効果音で言うとしたら『ギュッ』である。出来立てほやほやの壁が壊れないか心配だった。

ヒカリはお風呂場の光の魔道具を消して真っ暗にして遊び始めるし、シオンは天井と壁の間に張り付いて忍者ごっこをするし――ヒスイとソラは大人しくしていたけれど、それでも三人を止めることなく楽しそうに笑っていた。

まぁ楽しかったなら良しとしよう。

俺は体を自然乾燥で乾かして、服を着る。しかし俺とは違い、元がスライムの葵たちはそもそも服が体の一部だ。単に裸モードで入っていただけと言う感じで、風呂から上がるとすぐに服を身に着けている状態になっていた。便利な体である。

で、就寝前。

洞窟からメノさんから借りている枕やブランケットは持ってきているけど、今日はせっかくメノさんから頂いた材料で枕や布団を作っているので、こちらを使わせてもらう。

まだ家具もないから、ただでさえ広い部屋がさらに広く感じる。

カーテンもないから、床に寝転がれば暗い夜空が目に入ってきた。そこには小さな星々のほか、青白く光る月よりやや大きめの星も光っている。

あの星には、いったいどんな名前があるのだろう。

そんな基本的なことすらも今の俺にはわからない。生きていくのに必要な情報なのかと問われたらそうではないのだけど、やはり異世界——不安はある。

しかしメノさんという優しく知識が豊富な人がいて、一度は死別した妹である葵、そしてまだ木の姿ではあるけど母さんもいる。幸せを感じないっていうほうがおかしい話だ。

「恵まれてるな」

ぽつりとそう漏らしたところで、どたばたと部屋の外から数人の足音が聞こえてきた。耳を澄ますと、「もう寝たかな?」「まだ起きてるんじゃない?」などの会話が聞こえてくる。

元が一人の人間であることを考えると、元の葵も頭の中でそんな会話をしていたりしたのかなとおかしくなった。

「起きてるぞー！」

枕元に置いてあった灯の魔道具のスイッチを入れて、寝転がったまま扉に向かって叫ぶと、スルスルと扉が開いて五人の葵が入ってきた。

その姿を見て、思わず笑ってしまった。

「――くっ、ふふっ、みんなそろって――」

葵たちは半そで半ズボンのパジャマを身に着けている。白地にそれぞれのカラーの水玉模様が描かれているようなデザインで、先っぽにこれまた色のついたポンポンがついたナイトキャップを被っている。

それはいい、それはいいんだけど。

全員枕と布団を抱えてきているのだ。一人一つの個室があるのにもかかわらず、全員が俺の部屋で寝る気満々である。

そして部屋に入ってきた葵たちは、お互いを肘で小突きあってもじもじとしている。自分から言うのは恥ずかしいらしい。

「久しぶりに、一緒に寝るか？」

「「「「「うん！」」」」」

返事をすると、葵たちが一斉に俺の下に走ってくる。速すぎて葵たちの足元から煙っぽいものが見えた気がするけど、気のせいだと思うことにした。

「私お兄ちゃんの横がいい！」

「私も！」

「拙者も！」

ヒカリ、アカネ、シオンが俺の隣を取り合っている。ソラは苦笑しながら三人を見ていて、ヒスイは呆れたように肩を竦めていた。性格出てるなぁ。

地球にいたころはこんな風に甘えてきたことはなかったけれど——いや、入院前はたまにあったけれど、ここまでわかりやすくはなかった。

一度は離れ離れになってしまったのだ——こうなるのも無理はないか。

俺としても、もっと話したいと思っていたし。

「ほらほら、ケンカするなよ。公平にジャンケンで決めような」

やる気のある面々は、俺の提案に闘志を燃やす。ソラとヒスイは『私は遠慮しますよ』といった雰囲気だったけど、しっかりジャンケンには参加するらしい。

「明日こそ勝つ……！」

「——はっ！　お腹の上という案があるのでは!?」

「負けちゃったかー、残念」

負けたのはヒカリ、シオン、アカネの三人。物欲センサー的なものが仕事をしたのだろうか？

ともかく、俺の隣はソラとヒスイになった。二人ともご満悦である。

結局、ソラの隣にアカネ、ヒスイの隣にヒカリ、俺の頭上にシオンが横になるような形になった。

どうやら葵たちの話を聞く限り、明日も俺の部屋で寝るつもりらしい。別にいいんですけどね。

なにせ、彼女は死んで、俺も死んで――異世界で数年ぶりに再会できたのだ。

そんな状況で兄が妹の温もりを感じたいと思うのは、そんなにおかしなことなのだろうか。

# 第四章

翌朝――目を覚ますと金縛りにあったかのように体が固定されていることに気付いた。厳密には固定ではなく、指先などは動く。というか、他の部位も気合を入れたらたぶん動く。ただ、全身にアンクルウェイトのような重りが巻き付けられているような感覚がするだけだ。

その一秒後には、犯人が葵たちであることをすぐ理解したけども。

「まじか」

右手にはソラ、左手にはヒスイ、右足にアカネ、左足にヒカリ、腹の上にシオン。

昨晩せっせと作った枕や布団はまったく機能しておらず、部屋のいたるところに散らばっている状態で、彼女たちは俺を枕代わりに使っているようだった。

いやぁ、妹と死別した兄としては嬉しいよ?

この世界のことは知らないけど、少なくとも俺の知る日本では兄は妹に毛嫌いされる生物である可能性が非常に高かったようだし、一緒に寝るなんてもっての外。

同じベッドはもちろん、同じ部屋で寝るのさえ拒否されるのが大多数だろう。

こうして抱き枕のように扱われる時点でありがたく思えてしまう。

しかしそうは言っても、このチームワークの良さはなんだ。器用に両腕両足腹と、まるで話し合いで決めたかのようじゃないか。

「起こすしかないか」

この状態では時計も確認できないが、窓から見える外の景色を見る感じ、たぶん朝の六時から七時の間といったところだろう。

葵たちも眠かったら二度寝するだろうし、仕方ない——そう思って体を動かすと、全員がぎゅっと力が込めたのがわかった。

「もしかして起きてる？」

もしかしなくてもキミたち、寝たふりじゃないか？

疑問を口にするが、返事はない。ソラがピクリと動いた気がするけど……俺の気のせいなのか？

頭に疑問符を浮かべつつ、ゆっくりと体を動かして立ち上がってみる。全員、俺の体にくっついたままだった。改めて自分の身体能力に驚きである。子供五人抱えているようなものなのに、まったくきつくない。

まぁ寝ていようと寝ている振りをしていようと、騙されておくことにしよう。

「どこの合体ロボだよ」

「——ぷはっ、お兄ちゃん笑わせないで～」

お兄ちゃんの心遣いは数秒で意味を無くしてしまった。左足にしがみついていたヒカリが、ケタケタと笑いながら俺を見上げる。笑わせるつもりは微塵もなかったので、ちょっと恥ずかしい。

「ヒカリバラしちゃったかー」

「コアラの気分でござる」

「居心地いいよね」

「すやすや」

ヒカリに続いて、アカネ、シオン、ソラ、ヒスイが次々に反応する。というか『すやすや』だなんて寝ているやつは言わないんだよヒスイ。

「ほら、まだ寝るかお兄ちゃんから離れるかどっちかにしなさい。今日は忙しいんだぞ」

「「「「「はーい！」」」」」

こういうところは、元の葵の性格とは変わっていないようで、俺の言葉を聞いた五人はごねることなくすぐに俺の体から離れていった。聞き分けが大変よろしい。

しかしこうしてトテトテと歩いたり、布団を畳んだりしている葵を見ていると、本当に妹が増えたような気分になるなぁ。これが手のかかる妹だったりしたら、それだけ俺は疲労してしまっていたのだろうけど、現実はそれの逆。助かるばかりだ。

朝ごはんは母さんの傍で食べることにしよう。俺と妹だけで食べてしまったら、母さんが拗ねてしまいそうだし。そのあたりの意識がはっきりしているのかはわからないけど。

きっと近くに行けば母さんは世界樹の果実をくれるだろうし、それを家族そろって食べながら今日の計画を考えないとな。

なにせ今日は生贄の子――リケットさんがやってくる日だ。

彼女の第二の人生が幸せなものとなるよう、頑張らないと。


昼の一時――俺と葵たちは世界樹の傍に置いた丸太椅子に座り、メノさんとリケットさんが来るのをいまかいまかと待ち構えていた。

午前中は真面目に働いた。それはもう真面目に働いた。

学生時代やサラリーマン時代の俺が真面目でなかったとは言わないけど、それらの状況とは違い、『やらなくても誰にも怒られない』という甘い蜜を避けて頑張ったことには違いない。まぁそもそも、生贄の子が住みやすい島にしたいという俺の想いが、甘い蜜であるという見方もあるんだけど。

それに加え、どうせリケットさんがきたら、そこからは作業をあまりしなくなるだろう。そして、今日の仕事は午前中までになることが予想できたし、汗水流して働いているところを見せると、彼女も気を遣ってゆっくりできないだろうと考えたからだ。この辺は、メノさんのお陰で気づくことができた。

「どんな人なんだろうな」

「どうだろうね～」

「白髪赤目ってことと、あとは十六歳の女の子ってことぐらいの情報しかないもんな。ただ、日本での高校一年生と思って接するべきじゃないのは確かだろうよ」

「なんでー？」

「そりゃ義務教育を受けて育った人と、孤児院で働き続けてきた人じゃ違うだろ。それも、差別されながら、十六年間だ。だから葵たちも、なるべく優しく接してやってくれな。その辺のことも踏まえてさ」

だからというわけでもないが、多少性格がひねくれていたとしても、気にしない。

何しろ彼女は、葵に説明したようにまともではない環境で育ってきていると思うのだ。

ネグレクト――とはまた種類が違うだろうけど、性格や心が歪んでしまっていたとしても、なんら不思議ではない。俺はリケットさんの母親にはなれないが、家族の愛情のようなものは与えられるんじゃないかなと思う。

そうしてゆっくり、少しずつ、心が穏やかになっていけばいいと思うのだ。幸いなことに、時間はたくさんある。

そんな風に葵たちと『どんな人でも、優しく迎え入れよう』と話をしていると、遠くの空に魔力の翼を広げたメノさんの姿を確認することができた。近づくにつれて、彼女が人を抱きかかえているのが見えるようになる。

俺と葵は立ち上がり、メノさんたちに向けて手を振った。

綺麗な翼を羽ばたかせながら、メノさんがゆっくりと下りて来る。

生贄の儀式に使っているものなのか、リケットさんは真っ白な作務衣のようなものを身に着けており、長く真っ白な髪が衣服と同化しているかのように見えた。色合い的には死装束を思い浮かべてしまいそうだけど、あれってズボンだっけ？

いやいやそんなことより、その子、ぐったりとしていて動かないんですけど。

「ど、どこか体調が悪いんですか!?」

慌ててメノさんの下に駆け寄り、少女の顔を見てみると白目をむいていた。長いまつげに赤子のようにもちもちとした肌。ちゃんとしていれば綺麗な子なんだろうけど……すごく可哀想な状態だった。魔人族の特徴らしい赤目も、瞼の裏に隠れてしまっている。

「……空を飛んでたら、気絶した。高いところ苦手みたい」

メノさんは眉を八の字にして、しょんぼりとした口調で言う。

「……でもどのみち、この結界内に入る前はきつくなるだろうから、寝ていたほうがよかったかも」

「そ、そうですね。とりあえず、彼女を寝かせてあげましょう。ベッドは作ってありますから」

「……わかった」

頷くメノさんをリケットさんの家に案内して、寝室に寝かせてもらう。葵たちもリケットさんには興味津々のようで、顔を覗きこんだりしていた。なんとなく、赤ちゃんを覗きにきた子供のようだ。俺も葵が生まれたころは、そんな風にしていたのかなぁ。あまり記憶にないや。

さすがに白目の状態は可哀想だったので、布団を掛けるついでにそっと瞼を下ろしておく。

スースーという寝息が聞こえるのを確認してから、俺たちはリビングに移動した。彼女が寝ているのならば、その間にメノさんから色々と話を聞いておきたい。

「いきなりメノさんが来てびっくりしたんじゃないですか？　メノさんの立場や顔を知らなかったとしても、いきなり飛んでくるんですから」

「……うん、最初魔物かと思われた。それと、私の顔は知らなかったけど、『七仙のメノ』の知識はあったらしい。自己紹介したらびっくりされた」

「リケットさんが住んでいる場所は小さい国って言ってましたけど、やっぱりメノさんって有名なんですね……それでリケットさん、その、大丈夫そうでしたか？　精神的にというか」

俺も昨日、色々考えていた。

白髪赤目という、魔人族に見られる特徴を持って生まれた彼女は、人族至上主義の国でどんな風にいままで生きてきたのだろう——と。両親はきっと、わかっていないはずだ。

なにせ混血であるリケットさんを生んだとなれば、両親のどちらか、もしくは両方が純粋な人族ではないということになる。したがって彼女の両親は追放の対象になることは間違いない。両親はリケットさんを捨てたのか、それとも両親だけ追放されたのか、その辺りはわからないが。

そして、人族至上主義であるイソーラの国民全員が生贄のことを知っていたわけではあるまい。だとしたら、メノさんや他の誰かが気付いていてもおかしくない。

ということは、国の上層部――一部の人間がその儀式を遂行しており、男子と同様に追放――と見せかけて、女性を生贄にしたと考えられる。

いったいいつ、リケットさんは生贄になることを知ったのか。

「……いまのところ心の病気になったりはしていないと思う。ハキハキ喋れていたし、自分の境遇に酷く落ち込んでいる様子もなかった。でもここ最近あまり眠れてなかったみたいで、疲れてるかも」

「そうですか……」

メノさんも、リケットさんがどの段階で生贄のことを知ったのかまではわからないらしい。だけど、七日前に孤児院から教会に移動したという情報は摑んでいるから、そこで伝えられたのではないか――そう考えているようだった。

「不幸中の幸い――ですかね。生まれた時から生贄の運命を背負っていたとしたら、心が壊れていたかもしれません」

さすがにそれは地獄過ぎる。でも、それが当たり前だと洗脳されていたら、そんなことも思わなかったりするんだろうか。あまり考えたくないな。

「……私もそう思う」

「世界樹の果実をたくさん食べてもらって、早く元気になってもらいましょう！　もしかしたら、心も元気にしてくれるかもしれませんし！」

「……う、うん。いいと思う……たぶん」

なんだか歯切れが悪い。世界樹の果実、美味しいのに。

メノさんはその後、俺たちに三十分ほどかけて状況を説明してくれたあと、リケットさんがいる寝室まで様子を見に行ってくれた。初対面の俺や葵が目の前に現れるより、少しでも顔を合わせているメノさんのほうがまだマシだろう——ということで。

扉の中から、話し声が聞こえてくる。どうやらリケットさんは目を覚ましたらしい。

五分ほどそんな状況が続いて、ようやくメノさんが扉を開いた。そして、俺たちに向かってちょいちょいと手招きをする。

「葵、静かにな。倒れたあとだし、頭に響いちゃうかもしれないから」

「「「「うん」」」」

一斉に頷く葵たちを確認してから、メノさんの下へ向かう。部屋に入ると、リケットさんはベッドの上で上半身だけ体を起こし、カチコチに固まって緊張した様子でこちらを見ていた。

「……私が立つなって言った」

「あぁもちろんそんなこと気にしませんよ。——リケットさん、ですね。体調はどうですか？」

俺が声を掛けると、彼女はつばを飲み込んでコクリと頷いたのち、「大丈夫です！　お気遣いありがとうございます！」と大きな声で返事をする。

葵たちに『静かに』と注意しておいてアレだけど、本人が一番うるさかった。元々俺もメノさんも声が大きいほうじゃないから、なおさら大きく聞こえてしまう。思ったよりも元気そうだった。

そしてさらに元気エピソード。

返事と同時に彼女は勢いよく頭を下げたのだけど、体を起こすときも勢いたっぷりで、後頭部を壁にぶつけて頭を抱えていた。メノさんは笑いをこらえるようにうつむいてプルプル震えていた。

わかりますよ、この笑ってはいけないような空気だとそうなっちゃいますよね。

まぁ見知らぬ土地に連れてこられて、見知らぬ集団に囲まれているのだ――緊張するなというほうが難しいだろう。ただ、それだけでは説明できないようなドジっ子臭というかポンコツ臭というか天然臭というか――それに準ずる何かを彼女からひしひしと感じる。

「……神様が生贄なんて求めていないことは、もう船の上で説明してる。リケットはこの島に住むことを望むらしい」

メノさんは笑っていたことを悟られぬよう、キリっとした顔つきで言う。口の端がひくひくと動いているから、気持ちは切り替えできていないまま表情を作っているようだ。

「お、お願いします！　私なんでもします！　く、靴でも磨きましょうか!?　あれ!?　靴を履いてない!?」

リケットさんは俺の足元を見て驚愕の表情を浮かべる。裸足ですみません。

「実はまだ靴まで手が回っていないんですよね。そのうちリケットさんの分も合わせて作りますから、それまではちょっと我慢していただけると」

「いえ！　私はその辺の葉っぱがあれば大丈夫です！　小石とか貫通しちゃいますから、オススメできませんけど」

「それは靴って呼んでいいんですかね……」

どちらかというと靴下的な役割になっていると思う。彼女は「足を守れているなら靴なんじゃないですかね？」と首を傾げていたが、守れてないってさっき自分で言ってたじゃないか。

まぁゆくゆく靴を作ったとしても、室内は裸足の予定なんですけどね。他の家で強要するつもりはないけど、我が家ではそうしてもらおう。

靴の有無はさておき。

いちおう、リケットさんにはイソーラの人間から身を隠して他国に住むという選択肢もある。だけどその場合、俺は彼女になにも手を貸すことはできない。

俺はこの島に隔離されているという状況だし、仮にそれが神様からのお願いと一緒に破棄されていたとしても、出ようと思っていない。破棄されたとはいえ、神様からのお願いから著しく遠ざかってしまいそうだから。

だから彼女がこの島に住むことを望んでいて、とりあえず安心した。それならば、俺は安心して最大限彼女のサポートをすることができる。好き勝手できる、と言ってもいい。

聞くところによると、彼女には混血に対する差別意識への恐怖が強く刷り込まれているらしく、人の多いところにはできれば行きたくないらしいから、ちょうど良かったと言えばちょうど良かったのだろう。それがたとえ他国であったとしても、彼女の中には『また差別されるのではないか』という恐怖があるようだ。

「もちろん俺たちはリケットさんを歓迎しますよ。俺は一応人族だと思いますが、別に人族至上主義というわけではありません。仲良くしているメノさんは混血ですし、妹は魔物ですから」

優しい声になるように意識をしつつ、リケットさんに語り掛ける。

彼女は俺の言葉を聞いてぽかんとしたあと、俺の傍にいる葵たちに目を向けた。

「私たちね！　スライムなんだよ！」

「元はひとりの人間でござるが」

「神様が転生させてくれたの！　ひとりの時の名前は葵だよ！」

アカネ、シオン、ヒスイの三人がリケットさんの無言の疑問に対して回答する。ソラとヒカリはスライムの姿になってその場でぴょんぴょんと跳ねていた。

「まっ、まもっ、えぇえええええ!?　と、というか魔物って喋れるんですか!?　それも人の姿に？　やっぱり私、実はもう死んでいてここは夢の世界だったりします？」

混乱させて申し訳ないが、現実です。

一気に詰め込みすぎてしまっただろうか。

リケットさんは目を白黒させて——いや、白赤させて、という言葉のほうが適切か？　ワインレッドのような綺麗な赤目だし。

ともかく、彼女は大層驚いた。驚いたが、わりとすぐに落ち着いた。色々あり過ぎて頭の中が整理しきれていないのかもしれない。

「メノさんから、最低限の衣食住は確保されていたと聞いていますが、おそらく満足いく食事はできていませんよね？　リケットさんを歓迎するために準備しているので、食べられそうならご用意してもいいですか？」

リケットさんは「私なんかにそんなこと——」と遠慮しているようだったが、俺が『準備している』と言ったことを思い出したのか、身を縮めながら「お願いします」と小さな声で言ってくれた。意識を向けたらお腹が空いたのか、『くぅ』という可愛らしい音がリケットさんのお腹から聞こえてくる。タイミング良すぎる腹の音だ。

「わかりました。ではそのままベッドにいてもいいですし、リビングにテーブルも用意してますから、大丈夫そうならそちらに移動してください」

俺がそう言うと、彼女は即座にベッドから足を下ろして立ち上がる。そして「私もお手伝いします！」と声を上げた。

失敗した。立ってもいいと言えば彼女の性格的に立ち上がりそうだと気付くべきだった。

立ち上がった瞬間に少しだけふらついたけど、顔色が悪いわけじゃない。まぁつらそうだったら、ご飯を食べたあとまた寝てもらえばいいか。

「よし！　葵たち、準備するぞ！　メノさんも座っていていいですからね！　リケットさんもまだ働いたらダメです」

「……わかった」

「た、食べられるものでしたらなんでもいいので」

「虫とかでも？」

「はい！　なんでも大丈夫です！　孤児院にいた頃も、幼虫とか見つけたらこっそり焼いて食べたりしてましたから！　たまに食べたあとに気分が悪くなるような虫もいましたから、気を付けないといけないいんですよね～」

「ごめんなさい、冗談です」

俺がたぶん無理です。昆虫食は苦手です。食わず嫌いかもしれないけど。

少しでもリケットさんの緊張が解ければと思って冗談を言ってみたけれど、文化の違いなのか、あっさりと承諾されてしまった。ごめんなさい、反省します。

「お肉とか野菜とかだけど、食べられそう？」

「も、もちろん食べられますが、ほ、本当によろしいんですか……？」

「うん、それこそ、もちろんだ」

「ありがとうございます！　このご恩は一生忘れません！」

リケットさんの大袈裟なお礼を受け取ってから、俺は葵たちと一緒に家を出る。すぐ隣にある自分たちの家に移動して、さっそく調理に取り掛かる。

俺はこの島の食材をまだほとんど知らないので、数は少ないんだよな。落ち着いたら、森に出かけて新たな食材探しをしたいところだ。穀物系を探したい。

まぁ今更ないものねだりをしても仕方がない。あるもので勝負だ。

今回みんなに食べてもらうのは、まず世界樹の果実。それから昨日メノさんにもらったレストバードの肉とチャージボアの肉。

そして今日の午前中に発見した『ヘルシル』というシメジのようなキノコと、ホウレンソウのような見た目の『ブラード』という薬物野菜。これらは事前に試食済みだし、葵が食用であるという知識を持っていたために、今回採用させてもらった。

一品目、世界樹の果実ジュース。

魔鉱石で作ったおろし金で果実をすりおろし、水分を絞り出してジュースに。絞りカスは俺と葵たちで美味しくいただいた。

そして二品目、ヘルシルとブラード、それからレストバードの肉を使った肉野菜炒め。味付けはメノさんからもらった塩のみだけど、キノコの風味がしつこくない程度に感じられて、肉との相性も良い。試食段階ではかなり美味しかった。

俺に調理の才能はほとんどないけれど、この島の物はなんでも美味しいのだ。俺が作ってこれなのだから、料理が上手い人が作ればもっと美味しくなるだろう。

そして三品目はチャージボアのステーキ。こちらは素材単体で十分美味しいと思ったので、味付けはなし。焼いた後、食べやすいように一口サイズにカットしておいた。

そしてデザートにはカットした世界樹の果実。

材料があまりない上に、料理知識の乏しい俺にしては頑張ったほうだと思う。あとは素材パワーでなんとかなることを祈ろう。

本当はパンとかご飯があったらよかったんだけど、今あるもので何とかしなければいけないのだから仕方がない。

「よーし！　葵たちどんどん向こうに運んでくれ——と思ったけど、よく考えたらあっちじゃテーブルが小さいよな。こっちにリケットさんとメノさん呼んだほうがいいか」

今回、昼ご飯もかねて俺や葵たち、そしてメノさんの分も準備しているのだ。四人テーブルではどう考えても小さい。

「私メノさんとリケットさん呼んでくる」

「じゃあこっちに並べるねー！」

アカネがテテテと小走りで家を出て行き、他四名はてきぱきと食器や料理をダイニングテーブルに並べていく。

リケットさんもメノさんも、喜んでくれるといいなぁ。

☆　☆　☆　☆　☆

「あ、あの、大賢者メノ様――」

「……メノでいい」

「す、すみません！　メノ様、この島にはあの方たちしか住んでいないのでしょうか？」

「……そう。といっても、アキトは二日前に転生してきたばかり。急いで家を建ててた」

「この家を二日で!?　す、すごい方たちなんですね……」

「……アキトは、すごくお人よし。ありがとうっていっぱい言ってあげて」

「はい、それはもちろんです。メノ様も、私を助けていただきありがとうございます」

「……いい、頑張ったのはアキトたちだから、私には必要ない」

「でも、この島に私を送り届けてくれたのはメノさんです！」

「…………必要ないから」

「うっ、そ、その、すみません……」

「……気にしなくていい。それより待ってる間、家を見る？　作業部屋とかも作ったみたい」

「たった二日でそこまで……本当にすごいですね。で、でも、勝手に見たりしていいんでしょうか？　あとでアキト様に怒られたりしませんか？」

「……？　リケットの家だから、好きなように見ていい」

「え？　ここって、アキト様の家じゃないんですか？」

「……ごめん。言ってなかった。アキトの家は別にある。ここ、リケットのためにアキトたちが作った家」

「……え？」

「お風呂もトイレもある」

「……え？」

☆　☆　☆　☆　☆

アカネがメノさんとリケットさんを呼んできてくれた。

メノさんはテーブルの上に並べられた料理を興味ありげにマジマジと観察しながら椅子に座る。

リケットさんはというと、なぜか最初に会った時以上にカチコチに固まっていて、今も椅子の隣でピシッと背筋を伸ばして立っていた。

メノさん、いったい俺たちがいない間に何を話したんだろう。俺のことをすごく怖い人とか紹介してないだろうな。彼女がそんなことをするなんて毛ほども思えないけど。

「遠慮せず座っていいですよ。椅子の座面は葵たちの自信作なので、座り心地も保証します」

「は、はい！」

とりあえずリケットさんの変化には気づかない振りをして、いつも通りの五十嵐明人《あきと》を演じてみたが、やはり緊張しているようだった。

この変化を抜きにしても、島の人口を考えると、もはやリケットさんは俺たちの家族みたいなものなのだから、もっとリラックスしてもらっていいんだけどなぁ。

「す、すみません、アキト様。どうか私のような者に丁寧な言葉遣いはおやめになってください……」

リケットさんはヘコヘコと頭を下げながら、そんなことを言う。

「……リケット、もしその『私のような者』が混血を指しているのなら、私も混血」

「ち、ちちち違います！　メノ様はもちろん、アキト様やアオイ様も聞く限り『神の代行者』ですよね？」

「……そう」

神の代行者？　なんだそれ。また俺の知らないワードだ。

頭にハテナを浮かべて首を傾げていると、メノさんが解説をしてくれた。

「……七仙は、それぞれアルディア様に天界でお会いしてお願いを聞いている。だから、『神の代行者』と呼ばれることもある」

なるほど。そういう意味か。だとすると俺もその『神の代行者』とやらに分類されそうな気がする。葵や母さんも、この世界にいる俺のために——って考えると、同じく神の代行者ということなのだろうか。

まぁ俺が神の代行者だとかそうじゃないかとかは抜きにしても、彼女と親しくなりたいと考えておきながら、今の俺は距離のある言葉遣いをしてるよな。改めよう。

「わかった。でもその代わり、リケットさんも『様』はやめてくれ。ムズムズするからさ」

「……ついでに私の『様』も取って」

俺に便乗して、メノさんもリケットさんに要求する。どうやら彼女もあまり『様』呼びはお好みではないらしい。

「わ、わかりました。アキトさん、メノさん」

びくびくしながらも、リケットさんはきちんと名前を呼んでくれた。ゆくゆくは敬語もなくしてほしいところだけど、今そこまで無理強いするのはやめておこう。

これはいわば歓迎パーティなのだ。楽しんでなんぼである。

「…………あ、もしかして、こういうのって良くないんですかね」

ジュース、ステーキ、それから果物はそれぞれのお皿に盛りつけてある——だけど、肉野菜炒めに関しては、大皿に盛りつけてそれを取り分けるスタイルにしていた。

ホームパーティ的な雰囲気を考えていたけれど、よくよく考えればメノさんはこの世界でとても権力のある人のはずだ。そんな人がこのスタイルで食事をしているのが想像できない。

「……いい。こっちのほうがいい」

しかし、メノさんはそう言ってくれた。

俺に気を遣っているのか、それともこのスタイルが物珍しいのか、はたまた本当にこちらのほうがいいと思ってくれているのか、まだ関わって日が浅い俺には彼女の表情から読み取ることはできない。

「あ、あの、私残り物を少しいただけたらそれで……」

「えー！　私たちリケットさんに食べてもらおうと思って頑張ったんだよ～！」

「あぁあああごめんなさいごめんなさい！　ありがたくいただきます！」

ヒカリがからかう感じで言った言葉に対し、リケットさんはすごい勢いで頭を下げた。そしてテーブルに頭をぶつけていた。うん、この立場の違いを考えると冗談もあまりよくないですよね。

そんなひと悶着を終えて、ようやく食事を開始。

俺と葵の『いただきます』という挨拶に、二人も合わせてくれた。メノさんは知識として知っていたらしいので、リケットさんに説明してくれていた。

「……こんな食事、私からみても贅沢すぎる」

メノさんが果実ジュースの入ったコップを手に取り、中身を眺めながらそんなことを呟く。

「とても美味しそうですが――や、やっぱりすごいものなんですか？　たしかにこの飲み物もとっても美味しそうですし、香りもすごくいいですけど」

リケットさんもコップを手に取り、鼻を近づけてクンクンと匂いを嗅いでいる。

「外にでかい木があったのは見えた？　あの木――まぁ俺と葵の母親なんだけど、その果実を使ったジュースだよ」

「お母さんが木ってどういうことですか⁉」

まぁそりゃそうなるよね。説明を省きすぎてすみません。

「母さんは世界樹の精霊として転生してきてるんだよ。いずれ人化できるようになるらしいけど、しばらくは木の姿らしいぞ」

「はぇぇ……そ、その、世界樹？　ですか？　名前を聞くだけでビビッと来ちゃいましたけど、たぶんすごい木なんですよね？　そんなもの、私がいただいていいんですか？　きっとものすごくお高いですよね？」

リケットさんがビクビクした様子で問うと、俺の代わりにメノさんが口を開く。

「……お金には換算できないようなもの。欲しがる人は、たぶんこの一杯に一億ディア払う」

「いち……おく？　いちおくって、どれぐらい大きい数字なんですか？」

どうやらリケットさんには一億という数字はあまり馴染みがなかったらしく、彼女は首を傾げて不思議そうな表情を浮かべていた。

「……一万ディアが一万個。リケットがいた孤児院なら十軒は建てられる」

「これ一杯でそんなにお高いんですか⁉　そ、そんな高級なもののいただけません！　あの、水たまりとかあればそこの水を飲みますからどうか！」

「えー、せっかく頑張ったのに～」

「ごめんなさいごめんなさい！　の、飲みます！」

「こらヒカリ、あんまりリケットさんをからかうんじゃありません」

「えへへ、ごめんなさい」

からかうヒカリを注意すると、彼女はペロッと舌をだしてから、ゴクゴクと世界樹の果実ジュースを飲む。良い飲みっぷりだ。彼女のためらいのなさを二人にも見習ってほしい。

どうせ母さん、ポイポイくれるし。

「リケットさんもメノさんも遠慮なく食べて飲んでください。高級品だというなら、余らせたらもったいないでしょう？」

そう言いながら、俺は魔鉱石で作ったトングで二人のお皿に肉野菜炒めを取り分けていく。メノさんにこういうことをさせるのは恐れ多いし、リケットさんは自分でやったら葉っぱの切れ端一枚だけとかにしそうだから。

「葵たちのお皿も貸して」

「「「「はーい！」」」」

俺が声を掛けると、葵たちは一斉に自分の前にあるお皿を俺の下へ持ってくる。小学校の給食当番になった気分だった。

俺の記憶では葵はしっかり者のイメージなんだが、精神年齢まで若返ってしまったのか、もしくは甘えているのか——たぶん後者だろうなぁ。

死んだ妹にまた甘えてもらえるのだ、兄としてこれほど嬉しいことはないな。


「本当に美味しかったです！　こんな食事、生まれて初めてです！　ありがとうございました！　このご恩は一生忘れません！　もう死んでも悔いはありません！」

「死んだらだめでしょうが」

「ごめんなさい！　でもそれぐらい美味しかったんです！」

食事を終えたリケットさんが、俺たちに向けて再度頭を下げる。そこまでお礼を言う必要はないと思うが、メノさんも『美味しかった』と言ってくれたし、本当に良かった。

これを機に、もっと料理について勉強してみてもいいかもなぁ。彼女たちが美味しそうに食べる姿は、見ていてとても気持ちのいいものだった。

本当に知識がないから、一から勉強することになるんだろうけど。

「……アキト、嬉しそう」

「そんなに顔に出てます？」

「……うん」

リケットさんは現在、葵たちと一緒に食器の片づけを手伝ってくれている。食事をしてから、さらに元気になった気がした。世界樹の果実が良かったのか、それとも単に栄養がいきわたっているのかはわからないけど、いいことだ。

――美味しかったよね！　はい、とても美味しかったです！

キッチンからはそんな楽しそうな声が聞こえてくる。ソラが出した水で食器を綺麗に洗っているリケットさんの後ろ姿、そして元気そうにはしゃいでいる葵を見ていると、自然と頬が緩んでしまうのだ。

「人の幸せな姿を見ると、こっちも幸せを分けてもらえる気分になりますよね」

「……私も、リケットを見ていてそう思った」

メノさんの視線も、俺と同じくキッチンのほうを向いており、優しさがにじみ出しているような、そんな笑みを浮かべている。

メノさんは先ほど俺を見て『嬉しそう』と言っていたけれど、俺からすればメノさんのほうこそ嬉しそうな表情をしているように見えた。

歓迎パーティの後片付けを終えたあと、予想通りというかなんというか、リケットさんは『なにか仕事をさせてください！』と俺にせがんできた。

彼女が社会人であり、出世の足掛かりとしての仕事を探しているのであれば違和感もないのだけど、無償の奉仕活動であると考えると苦笑いにもなってしまう。奉仕活動というよりは、恩返し活動？　恩返しなんて、お礼一つもらっただけで十分なのに。

その気持ちはすごく嬉しいし、メノさんから『与えられるだけというのもつらい』という話を聞かされていた。だから彼女にも何かしてもらおうと思っていたけれど、いくらなんでも初日からはきついだろうということで、ゆっくり休んでもらうことにした。

正直、彼女にしてもらう仕事をまだあまり考えられていないという気持ちが半分あるけど。

メノさんによると、ここ最近リケットさんはあまり眠れていなかったみたいだし、彼女がいまやるべきことは休息だ。

どうしても体を動かしたくなったら、自分の家の周りの草むしりや、箒《ほうき》を作っておいたのでそちらで家の掃除でもしてもらうことに。

メノさんはメノさんで俺の家の作業部屋でなにかするらしいので、手が空いた俺は木の伐採や、岩を四角に切り取って石材を作ったりしていた。ゆくゆくはこいつで石畳の道とか作れたらいいなぁって感じで。

そして葵たちは、メノさんからの要望を聞いて家の建設を始めている。まぁ要望と言っても、作業部屋と倉庫を大きめにしてほしいという簡単なもので、彼女の身分からすれば小さい家になるだろう。それでも、普通の二階建て一軒家ぐらいにはなりそうだが。

「アキトさんのお家も掃除してよろしいでしょうか！」

家の外に出て、葵たちの様子を見守りつつ石をカットしていると、リケットさんがやってきた。

「それはありがたいけど……自分のところはいいの？　というか休んでる？」

「大丈夫です！　自分のところはそもそもあまり汚れていませんでしたので、すぐに終わりました！」

リケットさんは箒をまるで宝物のように抱きしめて持ち、そんなことを言う。

日本と違って、土足スタイルだからもう少し汚れていると思っていたけど、まぁ一階だけだからすぐに終わるか。メノさん以外は俺たちもリケットさんも裸足だし、俺としては早いところ日本式にしておきたいところ。

今はソラの水魔法で足を綺麗にしてもらっているが、早いところ土足厳禁にしてしまいたい。

「じゃあ頼もうかな。入ったらいけない部屋とかは特にない――あ、作業部屋はいまメノさんが使ってるから、そこは本人に聞いてみて」

「わかりました！」

ということになり、リケットさんは張り切った様子で俺の家に入っていく。家に入る前、自分の足についた土汚れをせっせと箒で払っていた。

「とりあえず玄関マットみたいなものを用意しておいたほうが良さそうだなぁ。木靴とかならすぐ作れそうだけど……」

俺が作ったものは絶対に履き心地が悪そう。足を痛める自信がある。

やっぱり、まだまだやることは多いなぁ。だけどちょっとずつ環境が良くなっていくというのは、開拓の醍醐味なんじゃなかろうか。

昼食の時間が遅くなったため、それに合わせるように遅めになった夕食を食べたあと、メノさんはリケットさんに歓迎の品としてタオルを二枚プレゼントしていた。そして俺や葵たちには、『食事のお礼』という名目で同じようにタオルを二枚。

これは対価だから――とメノさんは言っていたけれど、『昨日渡し忘れてた』とボソッと口にしていたので、方便であることは丸わかりである。それがなかったとしても、メノさんは嘘が苦手っぽいからすぐにわかっちゃうんだよな。

そして『また明日』と口にして森の中に消えていくメノさんを見送って、その後だ。

リケットさんと別れて、葵たちが入ったあとに風呂に入り、少しリビングでのんびりして、夜の十一時を過ぎたころのことだ。

「マジかよ……」

外から物音が聞こえた気がしたので、自室の窓から外を覗いてみると、リケットさんが自分の家の窓を外から磨いていた。めちゃくちゃ楽しそうだけど――心配になるから寝てくれ。

ひとまず、説得可能かどうかはさておき俺は外に出ることにした。

なにか緊急の要件で窓を磨いていたのかもしれないし――いや、それはないな。無理がある。

明日に回せない窓磨きなんて状況があるとは考えづらい。

「こんばんは」

歩いて近づきながら声を掛けると、彼女は「いひゃぁあ!?」という驚きの声を上げて、彼女の雑巾を持った腕は窓ガラスを軽々と突き破った。パリン——という音がして、直後にリケットさんの口から悲痛な叫び声が漏れ出した。

「あ、あぁあああああああっ」

彼女はその場にしゃがみこみ、こちら側に落ちた破片を拾い集めようと手を地面に向ける。

「ちょ、危ないから！　ごめん！　俺が急に声を掛けたからだよな！　本当にごめん！」

慌てて駆け寄って、彼女の手が破片に向かわないように腕を握る。

「まず落ち着いてくれ、な？　深呼吸して、はい、すー、はー」

「すはすー」

あまりうまくできていなかった。しかし俺の言葉にはきちんと耳を傾けてくれているようで、

「ゆっくりー、はい吸ってー」などと言っていると、徐々に彼女は落ち着きを取り戻してくれた。

冷静になってしまったからか、ボロボロと泣きだしてしまったけれど。

「うぅ……、初めての自分の家が、窓が、割れちゃった。初日なのに……」

そんなことを言いながら、地面にへたりこんで彼女は目元をぬぐっている。よく見れば、彼女の身に着けている白装束——その裾のあたりが、少し破れていた。

というか、彼女が手に持っている雑巾みたいなものが、どうやら服の一部だったものっぽい。まさかとは思うが、窓を拭くために自分の服を引きちぎったのだろうか？

まぁ彼女がメノさんからもらったタオルを雑巾にするとは考えづらいもんなぁ。

「びっくりさせて悪かったな、この窓は明日ヒスイとソラに頼んでおくよ。すぐに直ると思うけど、もう時間も遅いし、今日のところはこのままで我慢してもらっていいか？　破片の片づけは俺も手伝うからさ」

「い、いえ！　大丈夫です！　自分でやります！　アキトさんたちが作ってくれたご飯のおかげで、すごく体が元気なんですよ！」

「そ、そうか。でもあまり夜更かしはしないでくれよ？　心配になるから。それと、片付けは俺もやるからな。怪我したら危ないだろ？」

「それはアキトさんも一緒です！　アキトさんが怪我するぐらいなら私が死にます！」

「全然そこは等価じゃないぞ――あと、俺はステータスが高いし、万が一怪我しても『超回復』ってスキルがあるからさ」

そう言いながら、俺はサプラ製のガラスの破片を拾って、それで自分の腕をなぞる。ちょっと強がって平気な振りをしていたが、正直怖かった。だが俺の想定通り、サプラの破片は俺の腕にいっさい傷をつけることはなかった。「ほらな」と笑って言うと、リケットさんは不服そうに眉間にしわを寄せる。

「わかったわかった、じゃあちょっと待ってな」

俺はそう言って、自分の家の作業部屋から魔鉱石を持ってきた。そしてリケットさんの下に向かいながら、それで塵取りと火ばさみをサクッと作り上げる。

ちゃんと言いつけ通り大人しく待っていたリケットさんは、俺の姿を見て立ち上がる。

「はい、俺は手を出さないから、これを使って破片を片付けてくれ。細かい破片は、箒を使ったらいいだろ」

「い、いいんですか!? 私が片付けても、いいんですか!?」

「お、おう。だけど、それが終わったらちゃんと体を休めること、それが条件だ」

「はい! わかりました!」

「といっても、本当に眠くなかったらたしかにやることないよなぁ。まだ俺もこの世界に慣れていないし、生活も安定してるわけじゃないからさ、娯楽とかはもう少し待ってくれ」

「私にとってはここでの生活の全てが娯楽みたいなものですから! お気遣いいただけているだけで『あれ? ここって天国なのかな?』って気持ちです! みなさん、天使様みたいにお優しいですから!」

この世界でも、天使といえば優しいイメージがあるらしい。

俺が見た天使さんは、結構仏頂面で『バカ神』とか言っちゃってたけど。そしてストレスで神様にお小言を言ってるみたいだけど。まぁ優しいってところから外れているわけじゃないか。

「そんなに強く押しちゃったかなぁ」

しょんぼりとした口調で言いながら、リケットさんはその場にしゃがみこんで破片を集め始める。

ふむ……彼女の今の状態、男的には非常に視線に困るな。羽織るように身に着けている衣服だから、背筋を曲げると胸元がぱかりと開くのだ。そのおかげで谷間どころか、その更に奥の秘境まで見えてしまいそうなレベル。下着は付けていないということがすぐにわかってしまった。

いやいや！　なんで俺は年下の女の子の胸元をガン見してるんだよ！

「じゃ、じゃあ俺はもう寝るから、それが終わったらちゃんと寝るんだぞ？」

「はい！　このお片付けの道具は、明日お返ししますね！」

「……もし使うならあげるよ？　火ばさみはともかく、塵取りはあったほうが便利だろ？　箒しか渡してなかったし」

「ほ、本当ですか!?　じゃあ私、もっとお掃除頑張っちゃいますよ！」

「う、うん。ほどほどにな。体を休めることを優先してくれよ」

一瞬掃除欲を制御するためにも道具は与えないほうがいいんじゃないかと思ってしまったけれど、あんなにキラキラした瞳で見つめられたら取り上げることなんて俺にはできなかった。

もっとのんびり、気楽に過ごしてほしいものだ。

☆　☆　☆　☆　☆

「アキトさんもアオイちゃんたちも！　働き過ぎです！　少しは休んでください！」

「え、でもやることはまだいっぱいあるし――」

「……言い訳は見苦しい」

リケットさんがこの島にやってきて三日目の朝。俺と葵は朝食の場で、リケットさんとメノさんに説教されていた。

どうしてこうなった。

というかメノさんに言われるならともかく、リケットさんには言われたくない。おそらくこの島で一番労働時間が長いのは彼女だし。

俺は昨日、葵たちと一緒に食べられそうな植物を探しながら、一日中結界内の木の伐採を行っていた。世界樹がゆくゆくは八十メートルの太さに成長するという情報があったから、とりあえず範囲を把握するためにも伐採しておきたかったのだ。

そのおかげで世界樹周りにはすごく広々とした空間が出来上がり、テンションの上がった葵たちはそこで鬼ごっこなんかやりだしてとても楽しそうだった。その鬼ごっこはチャージボアも真っ青なスピードだったけども。もし進行方向に奴がいたら跳ね飛ばされていたんじゃなかろうか。

あと変わった作業というと、世界樹の傍（傍と言っても、八十メートル以上は離れているが）に大きな資材倉庫を作った。木材や魔鉱石を保管するための場所である。いままでは道端に丸太を積んだり、魔鉱石はとりあえず家の作業部屋に放り込んでいたりしたので、これがあるだけでもかなり片付いた印象がする。

そして今日は朝から、リケットさんが仕事をするための畑の準備に取り掛かった。

昨晩は少し早めに寝てしまったこともあってか、朝の五時に目が覚めてしまったので、一緒のタイミングで起きてきた葵たちと一緒に畑を作るための場所を確保していた。

今回は畑ということで、しっかりと根っこから木を抜き取っている。耕す仕事はリケットさんに任せることにしたので、まだわりと地面はボコボコだ。

広さはとりあえず縦横三十メートルほど。場所は俺たちの家の裏手だ。

「耕すのは絶対私がやりますからね！　いいですか？　絶対ですよ？　お願いですからやらせてください！」

リケットさんはそう言いながら頭を下げる。別に給料が支払われるわけでもないというのに、真面目な子だなぁ。

「自分は関係ないと言いたそうですけど、メノさんもですからね！　私の家にも魔道具作って持ってきたり、アキトさんやアオイちゃんたち、それから私に革の靴を作ってくれたり、ずっとお仕事してるじゃないですか！　ときどき世界樹の傍で休んでいるようですから、アキトさんたちよりマシですけど」

「……暇つぶししただけ」

なんだかリケットさんが教育ママみたいになってきた気がする。

普通ならば、俺はともかくメノさん相手にこんな説教みたいなことを言うのはありえないことなのだろう。リケットさんは最初のうちはずっと萎縮していたのだけど、三食一緒に食事をし、夜はみんなで集まって話したりすることでだんだんと打ち解けてきた。

たぶんここまでリケットさんが俺やメノさんに砕けて接してくれるようになったのは、葵のおかげだろう。いつも明るく天真爛漫だし、年齢的にもリケットさんより年下だ。それに加えて、葵は俺を交えてリケットさんやメノさんと遊ぼうとする。当初は『アオイさん』という呼び方をしていたけれど、いつの間にか『アオイちゃん』になっているし。

ちなみに昨晩、メノさんが帰ったあとに彼女たちは俺の家でかくれんぼをしていた。家具がある程度増えてきたとはいえ、隠れる場所があまりないからすぐに見つかっていたけども。

「ここにいる皆さんにはすごく感謝しているんです！　だからこそ、私は自分が嫌な人だと思われたとしても、幸せになってほしいんです！」

リケットさんはそう言って、ふん――と力強く鼻から息を吐く。

なんだかみんな考えることは一緒だなぁ。俺だけじゃなく、葵も、そしてメノさんもリケットさんも、みんな他人を幸せにしようとしている。

自己犠牲と言うと少し不幸な気配が見える気もするが、みんながみんな自己犠牲ならば、それは幸せなことなんじゃないだろうか。

「……私に感謝は必要ない」

照れ隠しなのか、はたまた本当にそう思っているのか――メノさんは少し距離を取るような態度を取っていた。リケットさんには視線を向けず、俯いた状態で。

うーん、謎だ。謙虚とはまた違うような感じがするんだよなぁ、メノさんの態度。なんというか、ちょっと冷たい感じがする。

俺に対してわざとらしく『恩を感じる必要はない』と言っている時と違って、なんというか突き放しているような雰囲気に見えるのだ。気のせいと言われたら、そうなのかもしれないけど。

まぁ、あまり深く考えないほうがいいかもしれない。変にうがった目で見ても、余計な不和を生みかねないし。話を無視するようなことはしてないし、なんだったらリケットさんが幸せそうにしていたら彼女も嬉しそうにしているのだ。

やっぱり、俺の勘違いって線が濃厚な気がしてきたなぁ。

朝食を終えたあと、さっそくリケットさんは畑づくりに取り掛かった。

木は無くなっているものの、ほぼ荒地である。一日で全部終わらせようとしなくていいから――と声を掛けて、俺は俺で葵と一緒に三軒分の食器棚を作っていた。

そこに、リケットさんがやってくる。

「あ、あのぉ……いま少しよろしいでしょうか？」

彼女は俺が作った魔鉱石製のクワを抱きしめながら声を掛けてきた。

「どうしたの？　もしかして木の根っことか残ってた？」

「い、いいえ。実は知らない間にレベルが上がってまして」

……ふむ。

もしかして彼女は魔素でレベルが上がるという知識を知らないのだろうか？　彼女が生まれ育ったイソーラにはまったく魔素がなくて、レベルが上がることがなかったとか？

メノさんが言うには結界のおかげで魔素が薄くなっているという話だけど、それでも魔素はあるって感じの言い方だったもんなぁ。

と、俺は見当違いのことを考えてしまったわけだが、真実はすぐに彼女の口からもたらされた。

「わ、私最後に自分のステータスを確認したのは一週間前ほどで、さっきクワを振っている時に妙に楽だなぁと思って改めて見てみたんですけど、１５０レベルぐらい上がってまして……」

「お、おぉ……」

詳しく聞いてみると、彼女は元々魔物とかを倒した経験はなく、純粋にイソーラの地域の魔素だけを吸ってレベルアップをしていたとのこと。そして十六年で、７レベルまで上がっていたらしい。

それが先ほど確認した時には、１５８レベルになっていたとのこと。

昨日とかはご飯がいっぱい食べられて元気になったと勘違いしていたようだ。

「どういうことだろうな……葵たちはわかる？」

「「「わかんない！」」」

「だよな……俺もさっぱりだ。じゃあ、メノさんのところに行って聞いてみようか。もしかしたら原因がわかるかもしれないし」

なんでもメノさんに頼りすぎな気もするけど、俺の問題じゃないからなぁ。リケットさんは自分からメノさんに聞いたりしないだろうし、俺や葵が動くべきだろう。

というわけで、実際に聞いてみたところ、

「……やっぱり頭おかしい」

メノさんはそんな聞きなれたフレーズを口にした。つまり、彼女にはリケットさんの身に何が起きているのか察しがついているらしい。

「この場合は誰の頭がおかしいんですかね？」

「……わからない」

わからないようだ。

どうやら『魔素が薄くなる結界』というのは誤った情報で、実際には『魔素を薄く感じるようになる結界』というのが正しいのではないか——そうメノさんはジトっとした目を俺に向けながら語った。

「……結界のデメリットが無くなった。メリットしかない」

「つまり植物の育ちもよくなるし、レベルも上がるし、魔素酔いもないってことですよね？」

「……そう。普通ならそんな都合の良い物ありえないけど、でも伝説の世界樹ともなれば、それぐらいできてもおかしくないかも」

メノさんはあまり納得できていないらしい。

いままでの価値観を壊されてしまっているような感覚なんだろうなぁ。

でも価値観がまだはっきりと形成されていない俺からすれば、ただただ『母さんすげぇな』ぐらいしか思わないのだけども。


畑は結界パワーのおかげでうまくいきそう――ではあるけれど、肝心の育てるものがない。先日料理で使ったホウレンソウのような野菜――ブラードの種は見つけたし、昨日伐採している途中にブルーベリーのような甘酸っぱい果実もゲットしたので、これは食べたあときちんと種を確保してある。名前はたしか『パベリー』。

メノさんが言うには、この島には多種多様な植物が自生しているとのことだったので、俺はメノさんと一緒に結界の外へ探索にでかけることにした。

リケットさんはもちろん、葵たちもステータスは高いとはいえ心配なので今回は不参加にしてもらう。まずは俺の目で安全性を確かめておきたいし。

「食べられる植物の見分け方とかあるんですかね？」

葵たちとリケットさんに見送られ、結界の外に出たところで俺はメノさんに声を掛けたのだけど、

「……●×△、●□▲▽」

彼女の返答は何を言っているのかさっぱり理解できなかった。どうやらこの世界の言語で喋っているらしい。

「すみません、できれば日本語でお願いします」

「……間違えた」

彼女はミスを恥ずかしがるように、俯いて頬を人差し指で掻く。俺が理解できていればいいだけの話だから、ミスと言うのも少し違う気はするけど。

ゆくゆくは俺もこの世界の言葉を勉強する必要があるかもしれないな。でも結界内だと勝手に翻訳されてしまうから、勉強するとしたら結界の外でやらなきゃいけないんだよなぁ。それはそれで大変そうだ。

「……私も全ての植物を把握できているわけじゃないから、勝手に食べないように。毒があるか確認する」

「でも俺状態異常無効がありますよ？」

「……そうだった」

メノさんからのジト目がつらい。『ズルい』って思ってそうな感じの視線だ。

この話題はまずそうだな。別のものに変更しよう。

「手当たり次第に歩く感じですか？」

「……それでもいい。でもまばらに生えているわけじゃなくて、ある程度固まっているから、歩いていたら時間がかかりすぎる」

ふむ……そういえば結界の外には出ていないから、この島がどれほどの大きさなのかまだ把握できていないんだよなぁ。前に森の中でジャンプしたときは結構遠くまで見えていたけれど、どうなんだろう？

そんな疑問をメノさんに投げかけると、彼女は顎に人差し指を当てたあと、俺に「空を飛んだほうが島の全貌が見えるし、移動も楽」と言ってきた。

「で、でも俺はまだ飛べませんよ？　練習もしてないです」

「……私が抱っこする」

そんなわけで五十嵐明人享年二十五――見た目十代の少女に抱っこされて空を飛ぶことになりました。

わーいわーい。

「た、たかっ――」

「……アキトなら落ちても平気」

「平気でも落とさないでくださいよ!?　絶対ですよ!?　フリじゃないですからね!?」

もしかしたら落下中に気絶して頭から地面に激突とかするかもしれないじゃないですか！　そうなったらさすがに無事では済まないと思うんですけど!?

「……頭から落ちてもちょっと首が痛いぐらい」

空中で魔力の翼を羽ばたかせながら、メノさんが言う。

ちょっと痛いで済むらしい。やっぱり異世界って変だなぁ。あはは。

人外といって差し支えない自分の体についてはさておき。

現在俺はこの生魔島《せいまとう》（ようやく島の名前を教えてもらった）の上空にいます。リケットさんが運ばれてきたときのようにお姫様抱っこになるのだろうかと思ったけど、メノさん的にもそれは恥ずかしかったらしく、彼女は俺の脇に手を通して持ち上げてくれているのです。足がブラブラしている状態で非常に怖いです。

高さは正直どれぐらいなのかわからないが、家はかろうじて見えるけど、葵やリケットさんが見えなくなるレベルって感じ。

そしてもう一つ大事なこと。

彼女は俺の脇を抱えて自分の体に引き寄せている状態なので、なんというかこう――俺の肩甲骨あたりにふにふにと柔らかいものが密着しているのだ。体が揺れるたびに、その感触がはっきりと伝わってくる。

この世界にブラジャーと同一のものがあるのかはわからないけど、この柔らかさはおそらく何もつけていない……！　厳密には何かをつけているのかもしれないけど、それは胸の弾力を阻害するものではないはずだ。

メノさんに全く気にした様子はなく、俺だけどぎまぎしてしまっているのが少々むなしかった。

「想像してたよりも大きいな」

メノさんの胸から思考を逸らすように、俺はそんな話題を投げかけた。決してメノさんの胸に関するコメントではない。島のことである。

無人島というからあまり面積は大きくないと思っていたのだけど、よくよく人がいない理由を思い出してみれば『魔素が濃く、魔物が強い』なので、面積などは無人であることとなんら関係はなかった。

たぶん、大きさだけで言えば沖縄ぐらいはあるんじゃなかろうか。形は、四国みたいな長方形っぽい形をしている。

「……まず、大きな川の傍に行く。いちばん食べられる物の種類が多い」

「了解です。お手数をおかけしますがよろしくお願いします」

俺がそう言うと、メノさんは「いい」と短く返事をして移動を始めた。

内心は怖くて叫びたいレベルだったけれど、メノさんがたとえ七百歳以上とはいえ見た目は可愛い年下の女の子なので、なんとかプライドを保つために我慢した。

「……ちょうどいい、戦う練習」

心臓が縮み上がりそうな空の旅をしている最中、メノさんがホバリング状態になって、そう言ってきた。

「それは、あのドでかいカメみたいな奴と戦えってことですか？」

「……『カメ』は見たことないからわからないけど、あの甲羅がついてる魔物」

ではあの平原をのっそのっそと歩いているカメで間違いないのだろう。

最初に高く飛び上がって島の全貌を確認してからは、そこそこの低さで移動をしていたので、なんとなく魔物のサイズ感がわかる。たぶん車四台分ぐらいの大きさだ。でかい。

「……動きは遅い、けど、魔法を使うし防御力もある」

「なるほど」

メノさんによると、このカメの魔物は『タフタートル』と日本語に訳されるようで、それを聞いた俺は『タフなんだなぁ』というひどく安直な感想を抱いた。

こいつは直径二十センチほどの岩を飛ばす魔法を使ってくるらしい。日本での俺なら頭と岩が交換されてしまいそうである。

「アドバイスとかあります？」

「……甲羅と魔石は壊さないように」

それはアドバイスではなくて要望だと思うんですが。

でもまぁ、彼女がそう言った意味はすぐに理解できた。空を飛ぶメノさんに地上五十メートルほどから落とされて、着地。魔物との距離は二十メートルほど。

すぐさまタフタートルはこちらに気付いて魔法を放ってきたのだけど、びっくりするほどのスピードではなかった。たぶん二百キロとかそれぐらい。

昔の俺だったら顔面にぶち当たって死んでいた気もするが、今の俺には十分に反応できる速さだった。なんなら岩をキャッチして投げ返し、敵の魔法を相殺することもできてしまった。

余裕ができてきたので、タフタートルに急接近して横から体を持ち上げて裏返す。

「……なに遊んでるの」

「いやぁ、カメの弱点といえばこれかなと」

目の前ではタフタートルが足と首を伸ばして元の姿勢に戻そうと必死になっている。ちょっと可哀想になってきてしまったので、さくっと倒してしまうことにした。

息を整え、魔力の剣で首を落として絶命させる。

やはりまだ命を奪うことには慣れないが――メノさんはこの島でずっとこういうことをやってきてるんだよなぁ……少しでも彼女の助けになれるよう、頑張らないと。

逃げずにメノさんから解体の方法を教えてもらいながら、俺はそんなことを思った。

タフタートルの解体を終えたら、使える部分だけをメノさんの空間収納にしまってもらい、再び作物の捜索を開始――そして、当初の目的地であった大きな川にまでやってきた。

川幅は三百メートルぐらいだろうか。目測だから実際は五百メートルだったり百五十メートルだったりするかもしれないけど、俺の体感的にはそんな感じ。

森はやたらと木々が大きかったり、見たことのない植物が生えていたり異世界感が強かったけど、川は案外普通だなぁ。最初に見つけた小さな川もそうだったけど、地球で見るものとそんなに差はなさそうだ。しいて言うならば、カモなどの鳥類が見当たらないことぐらいだろうか。

おそらくだけど、この世界の魔物の中に水生生物がいないんじゃないかなと思う。陸地には動物がいなそうだったけど、魚はいたし。

でも森の中に虫はいたから、完全に魔物だけが生息しているというわけでもないのだろう。魔物の捕食対象になっているかどうかが、この島に生息できるかどうかなのかもしれない。

水辺に至るまでにはなだらかな斜面があり、メノさんが言うにはこの辺りに四大陸でも食べられている作物があるとのこと。

「まずこれ、コムギ」

彼女が地面から生えていた黄金色の植物をブチっと指で千切って、俺の目の前に持ってくる。細く長い茎の先に、日の光を反射して小さな粒が輝いている。

「こ、小麦ですか？　え？　なんで地球のものが？」

「……これ、地球のもの？」

「は、はい……おそらく」

鑑定をしてみても、結果は『コムギ』と出てくる。

魔物に関しては『チャージボア』のように翻訳されたものがでるのだけど……植物の『ヘルシル』や『ブラード』は固有名詞なのか翻訳された結果なのか微妙な感じなんだよな。ヘルシルはヘルシーっぽい雰囲気があるけども。

「すみませんメノさん、試しに『チャージボア』、『ヘルシル』、『コムギ』とそちらの言葉で喋ってみてくれませんか？」

「……●×▽□、ヘルシル、コムギ」

「おぉ、なるほど――発音は少し違いますけど、ヘルシルとコムギは、そのままなんですね」

「……動物や魔物には翻訳できるような意味ある名称が付けられているけど、植物は発見した人の名前とかだから、植物に関しては発音の違いぐらいだと思う」

「なるほど」

ということは、神様が名前を設定しているわけではないのか。

もしかしたら大昔には鑑定しても名前が無い――なんてこともあったのかもしれないな。全部が全部、人の名前を付けたわけでもないかもしれないけど。

しかし名称の仕組みはいいとしても、なぜ小麦がこの世界にあるんだろうか？

「……アキトが知っているのなら、過去の地球の転生者が作ったものかも。頭の中で想像した物を作り出せるスキルを持った人がいたらしい」

「そりゃまた便利なスキルですねぇ」

ゲーム機とかテレビとかも作ることができたんだろうか。さすがに何か制限はあっただろうけど、それでも羨ましいスキルではある。

「ちなみにお米って聞いたことあります？」

「……そういう食べ物が大昔にあったという知識はある。でも実物は見たことがないし、どんなものかもよくわかってない」

えぇ……なくなっちゃったのか。あんなに美味しいのに。

もしかしたらその転生者さん、自分で食べるだけしか米を作らずに、生産は行っていなかったのかもしれない。

何かの間違いで——鳥や魔物が種を運び、この島で自生してくれていたらいいんだけどなぁ。もしくは、神様が米の種を日本から輸入してくれるとか。

まぁ米がなくとも小麦があるのなら、食卓がちょっと充実したものになりそうだ。

それから俺とメノさんは新たな作物を求めて川付近をうろうろと歩き回った。

メノさんは俺と違い鑑定のスキルは持っていないのだけど、頭の中の知識が俺とはくらべものにならないので発見速度も速い。まぁ俺は鑑定したところで名称がわかる程度なので、これが食べられるものかどうかをメノさんに聞く形になるのだけど。

手に入れた植物の種は、全部で五つ。

一つ目、小麦。

二つ目、ヒンナと呼ばれる、玉ねぎを少しだけ緑色にしたような野菜。

三つ目、アブラブという名称の、濃い緑の野菜。形がキャベツっぽい感じ。

四つ目、コショウ。これも地球産だろう。見た目と名前が一致していた。実っている粒の数は、俺が知っているものの数倍はある気がするけど。

五つ目、パラックと呼ばれる、ゴボウのような見た目の植物。砂糖の原料になるらしい。

どれもこの島特有の植物というわけではなく、四大陸それぞれで栽培されているような作物らしい。だが、サイズや実っている実の数が通常の三倍近くあるようだ。

成長スピードだけでなく、こういった部分にも魔素は影響しているらしい。

「あまり遅くなっても心配かけちゃいそうですし、今日はこれぐらいにしておきましょうか――付き合ってくれてありがとうございます」

「……いい、ちょっと楽しかった」

そう言って、メノさんは腰に手を当て鼻息を吐く。『気にすんな』とでも言っているような雰囲気だな。

それから、俺は再びメノさんに運ばれる形――ではなく、走って世界樹へ向かって行った。これも戦闘訓練の一環で、木々や魔物を避けながらハイスピードで駆け抜ける特訓らしい。

俺はメノさんの後に続く形で、森の中を抜け、山を越えたり、川を飛び越えたりしながら走る。

俺よりステータスが低いはずのメノさんだが、さすがの熟練度と言えばいいのだろうか――ほぼ全力疾走と思われる状態で駆け抜けるが、危うい場面は全くない。

それに対して俺はというと――、

「うぉおおおお!?」

思いっきり木に激突していた。これで三本目だぜ!

いくら反射神経も身体能力も上昇しているとはいえ、高速で走るとなるとどうしても一歩が大きくなる。つまり木を避けると同時に着地地点を計算しながら足を動かさなければならないのだ。計算できないとこのように木を破壊することになる。

もう少し歩幅を狭めたほうがいいのかもしれないなぁ。

「……大丈夫?」

「びっくりはしましたけど、体に痛いところはないですよ。すみません、止まっちゃって」

「……訓練だから失敗はつきもの」

メノさんはそう言いながら、魔力の剣で俺が粉砕した木の綺麗な部分をカットし、木材として空間収納に収めていく。彼女の空間収納の中身が木材でパンパンにならないようにしなければ。

「……少しだけスピードを落とす?」

「いえ、このままで大丈夫です。多少難しいほうが訓練になるでしょうから。空間収納のほうは平気なんですか? その、容量的に」

「……こっちは平気。だから気にしないでいい」

メノさんはそう言って、俺の服に付いた汚れを手でペシペシと叩いてくれる。ちょっと気恥ずかしかったけど、拒否することもできずに結局されるがままになってしまった。

「……じゃあもう少し頑張って。きっとアキトのためになるから」

「はい、ありがとうございます」

たしかにこの方法は空を飛ぶよりは速く移動することができそうだけど、技術的な面もそうだが、こりゃメノさんの案内がなければ俺にはまだ難しそうだな。同じような景色が続いている状態だと自分がどっちを向いているのかすらわからなくなってしまう。

改めて、メノさんのすごさを思い知った日だった。

世界樹の下に帰ってきたのは、探索に出てから二時間弱たったぐらい。

葵たちとリケットさんに収穫した種を紹介してから、俺とメノさんは世界樹の根元にある丸太椅子に腰かけてしばしの休憩。

母さんが世界樹の果実を二つ落としてきたので、一つをメノさんに渡す。

「……段々これを毎日食べられることに慣れてきている自分が怖い」

彼女は赤々とした果実をジッと見つめて、困ったような表情を浮かべていた。

「慣れちゃっていいんじゃないですかね。というか、この島に通ってくれるなら慣れたほうがいいと思いますよ。毎日びっくりしてたら疲れちゃいますし」

「……それはそう」

メノさんはそう口にしてから、かぶりつく。恍惚とした笑みを浮かべてシャクシャクと咀嚼し、飲み込んだ。

「美味しそうに食べますよね、メノさんって」

彼女が何かを食べているところを眺めているだけで幸せな気持ちになれる。葵も美味しそうに食べるし、リケットさんは未だに食べながら涙ぐんだりしているけど、メノさんは単純に見ていてほっこりするような感じ。

「……美味しいんだから仕方がない」

むっ、と不満げな表情を見せながら彼女は言う。しかしもう一度シャクリと世界樹の果実を齧ると、すぐに幸せそうな表情になった。その変化が可愛らしい。

年上相手に『可愛い』なんて言ったら怒られそうだし、この気持ちは心のうちに秘めることにしておくとしよう。

俺がメノさんと一緒に探索に出かけている間、リケットさんは畑を耕し、その周辺を整備。葵たちは家具を作ったり、世界樹に登って遊んだりしていたようだ。

たぶん葵たちもずっと働き続けていたら、リケットさんがもっと頑張ろうとしてしまうから適度にそういう楽しむ姿を見せていたのだと思う。単純に、母親とじゃれ合いたかっただけの可能性もあるけど。

昼食を食べたあとは、いよいよ種植えタイムである。メノさんがリケットさんに教えつつ、俺や葵はその説明を遠目で見ながら聞いておくって感じ。

メノさん自身もこの島で植物を育てようとしたことはないから、どれぐらいのスピードで育つのかはわからないとのこと。

この島の魔素の量から考えて、おそらく二か月以内には全ての作物が収穫できるのではないか――というのがメノさんの予想だった。

そう、それはあくまで予想だった。

実際には種を植え終えて、ソラが水魔法で畑に散水してから一時間が経過した頃には、全ての種が土から緑の元気な芽を出していたのだ。

「……頭おかしい」

その光景を見たメノさんの第一声がこれである。聞きなれた言葉だ。

いやしかし、これに関しては俺も彼女と同じことを言いたい。いくらなんでも早すぎやしないだろうか。

だいたいこういうのって一週間後――早くても数日ぐらいかかるものじゃないか？　それが一時間ってことは――だいたい百五十倍ぐらいのスピードで育ってるってことですよねぇ。

ざっくり計算だけど、半年で育つ作物が一日で育つってことになってしまう。いくらなんでも早すぎだ。

「今後の状況次第では、植えるペースも考えたほうが良さそうだな……」

日持ちするものならいいけど、そうでないものはあまり頻繁に植えすぎても捨てるだけになってしまいそうだ。とりあえず、食料庫は作ったほうが良さそうだということがわかった。

畑での用事を済ませてからは、また各自仕事にとりかかった。

リケットさんは家や周辺の掃除を始めて、アカネ、シオン、ヒカリの三人は食料庫の建築。場所は資材倉庫の隣。そしてソラとヒスイの二人は、新しい仕事に取り組んでいた。

新しい仕事——それは、紙づくりである。

何かをメモするための紙ももちろん必要だが、現状俺が必要としているのはティッシュやトイレットペーパーといった類の柔らかめの紙。

メノさんによると製法自体は似ているようなので、慣れたらどちらも簡単にできるとのこと。

紙を作るとなると薬剤とか必要になるんじゃないかなぁと思っていたが、そうでもないらしい。なんでも腐った木に付いているカビのようなものを混ぜ合わせると、木材の繊維が細かく分解できるとのこと。その後熱湯で処理して繊維を薄く引き伸ばして乾かせば、紙ができるようだ。

そして、何かを書くための紙を作る際は、熱湯処理の時に、ガラスで使用しているサプラの粘液を一緒に入れておけば具合がいいとのことだった。

ソラとヒスイの二人は、その作業を二人で進めてくれている。

そして俺は、近いうちに収穫できるであろう小麦のために、学生時代の記憶をたどって千歯こきの作製を行っていた。できあがったものが実際に千歯こきに相当するものになるのかは不明だが、とりあえず種を取り出せればいいや——そんな軽い気持ちである。

できなかったらできなかったで、また別の方法を考えればいいし。

世界樹の下の木陰で涼みながら木材をカットしたり、魔鉱石を使って部品を作製したりしていると、テコテコとサプラ製の瓶を抱えて歩いているアカネが見えた。

「？　食料庫の建築をするって言ってたけど、別の作業に切り替えたのかな？」

楽しそうに歩くアカネを見ながらぼんやりと呟くと、こちらに気付いたアカネが俺に向かってぶんぶんと手を振ってくる。俺も右手を振ってそれに応えた。

「それ何に使うんだー？」

アカネに聞こえるよう大きめの声で問いかけると、アカネもまた大きな声で「まだ内緒ー！」と返事が来る。俺に内緒となると、びっくりさせたい何かだろうか？　それとも、実験中とか？

「ま、楽しそうだしいっか」

葵が笑ってるならなんでもいいや。この平和な風景が当たり前のものではなく、とても貴重でありがたいものであることは、まだ年若い俺でも理解しているつもりだ。

現在の進捗として。

世界樹周りの木々は綺麗に伐採して平地が出来上がっており、世界樹から洞窟に至るまでの道は綺麗に整備が完了している。地面に敷き詰める予定の石材は準備段階ではあるが、ゆくゆくは綺麗な石畳の道にできるんじゃないかなぁと思う。

いまはどうしても靴に土がついてしまうけれど、石畳が出来上がれば少しはマシになるはず。

そしてその世界樹と洞窟の中間地点にある家が三軒。俺と葵の家は人数の影響でやや大きめの二階建てではあるが、他の二人の家も一人暮らしであることを考えると大きいと思う。

メノさんの家は倉庫や作業場があることで少々大きめだし、リケットさんの家は平屋になってしまっているが、特に不満はなさそう。必要があれば増築すると言ったら、『これ以上は勘弁してください』と平謝りされた。

そして食事問題。

水は魔法と魔道具のおかげで問題ないし、世界樹の果実もあれば魔物の肉も大量にあり、畑で農作物の栽培も始めた。

畑の成果はまだ確認できていないが、たとえそれが失敗したとしても結界の外にはたくさんの自然の作物が実っていることは確認しているので、食べ物が無くて困ることはないだろう。これからは食べる量で満足するだけでなく、レパートリーや栄養を考えて種類を増やしたいところ。

その他にも紙が作られ、メノさんには魔物の皮で靴を作ってもらったし、まだまだ日本で暮らしていたことを思い出すと充実しているとは言い難いが、みんながそれぞれ頑張ってくれているおかげでかなり良い環境になってきている。

ありがたい。

夜になり、家に帰って行くメノさんを見送って、それぞれの自由時間を過ごすためにリケットさんと別れ、俺は自宅でお風呂を済ませた。その後は葵たちと一緒に世界樹の根元に集まって、しばし家族の団らんだ。

テーブルを囲んで輪切りにした丸太に座り、のんびりとした時間を過ごす。

暗い夜空には星が瞬き、月のような衛星も見えている。

あの衛星の満ち欠けがあるかどうかはまだ知らないが、以前見た時と同様に、今夜も綺麗な丸に見えている。夜中でも、灯いらずで過ごせるぐらいには明るかった。

「母さんでかくなったな――いや、決して太ってるとかそういうことが言いたいわけじゃないからね？」

最初に見た時はまだ二、三メートルの太さだったのに、今はもう軽く五メートルを超えている。木の高さも伸びているし、結界の範囲もそれに合わせて大きくなっていた。

「あー、お兄ちゃんそんなこと言ったらいけないんだー！　お母さん怒るよー？」

「じゃあこの場合どう言えばいいんだ」

「グラマラスだね！　とか？」

「それでいいのかよ……」

いったい俺は木の幹を見てどこに魅力とかを感じればいいんだ。木肌がすべすべだねとか？　謎過ぎる。

しかしどうやら母さん的にはアカネが口にした言葉で良かったらしく、葵たちの下にだけ世界樹の果実が落ちてきた。そして俺のところには、木の枝が落ちてきた。

「ごめんってば。悪気があったわけじゃないよ」

苦笑しながらそう言うと、すぐに果実が落ちてくる。どうやら許してくれたらしい。

これ以上この話をするのは危険だと判断し、「どうだ？　リケットさんとはうまくやれそうか？」と別の話題を振ってみる。

すると、五人揃って『うん！』と元気よく返事をしていた。

「元気で良かったよな。普通のメンタルじゃ、孤児院で腫物かのけ者かはわからないけど、ともかくそんな状態で過ごして、最終的に生贄にされそうになるなんて、心が壊れてしまってもおかしくないだろうし」

「リケットさん、明るい人だよね。メノさんとは対照的って言うか、コロコロと表情が変わってるもん」

「だよな？　俺もそう思うよ。だけど後半のメノさんと対照的ってところには異を唱えさせてもらおう。メノさんも表情豊かだぞ」

誤魔化してるときとかすぐわかるし。照れてるときとかドヤ顔とか、リケットさんほどわかりやすくはないけれど、感情がわかりやすい。

俺の言葉に、「そうかも～」と納得したようなしていないような反応を見せる葵たち。

まぁ、別に理解してほしくて話したわけじゃないけどさ。

「メノさんもこっちに泊まればいいのにね～」

「なー。どうせ朝早くこっちに来るなら、こっちで寝起きすればいいのにって俺も思うよ。やっぱり自分の家じゃないと落ちかないのかね」

森の中に消えていくメノさんを見送るとき、いつもちょっともの寂しく感じちゃうんだよな。別に家族ってわけでもないのに。

家に帰らなきゃいけない理由とかあったりするんだろうか……しかしこれはプライベートに入り込み過ぎる内容な気がするから、安易には聞けないな。

# 第五章

翌朝、俺は普段よりも少しだけ早い朝の五時に目を覚ました。

目覚ましがあるわけでもないし、あまり寝られなかったわけじゃないし、誰かに起こされたわけでもなく、自発的に。

みんなが寝ているときに仕事に励もう――なんて殊勝な考えを持っていれば人として尊敬されるようになるのかもしれないが、単純に畑の作物がどうなったか気になってしまっただけである。

遠足が楽しみ過ぎる子供かよと自分で突っ込みたくなった。

ふらふらとした足取りで、しかし、葵たちを起こさないように静かに移動。涼しい朝の空気で深呼吸しながら家の裏手にある畑に行くと、そこにはすでに先客がいた。

腰をかがめ、赤子でも撫でるように優しく一つ一つの作物を丁寧に観察している。

「おはようリケットさん」

俺が声を掛けると、彼女はビクッと肩を震わせてその場で跳ねる。まだ力加減が上手くできないのか、一メートルぐらい飛びあがっていた。

驚かせてごめんなさい。でも正直、猫が飛びあがってるみたいで和みました。

「あ、アキトさん!?　どうしたんですかこんな時間に!?」

「畑がどうなったか気になってさ。もしかしてリケットさんも一緒？」

「は、はい！　畑仕事は孤児院の裏手で少しやっていたことがあるんですが、ちゃんと育つか不安で……もし育たなかったら、皆さんにご迷惑をかけてしまいますし」

彼女はそう言って頬を人差し指で掻き、引きつった笑みを浮かべる。

心配性も一つの個性だとは思うけど、少なくとも畑に関しては気にすることはない。

俺は彼女に責任を押し付けたくて畑仕事を任せたわけじゃないし、もちろんリケットさん以外の誰かがこの役目を担ったとしても、答えは一緒だろう。

ただ、自分がその立場になったら、たしかに罪悪感は覚えてしまうだろうが。

そうなったらそうなったで、葵たちが『気にしすぎ！』と笑い飛ばしてくれる気がするなぁ。

「大丈夫だよ。たとえ失敗して全部がダメになったとしても、だれもリケットさんを怒ったりしないから。その時はみんなで解決策を考えればいいだけだし」

メノさんなんかは『肥料になる』なんて遠まわしに慰めてくれそうだなぁ……自分の本心はできるだけ隠そうとしているようだし。まぁ、わかりやすいからだいたいバレてしまっているのだけど。

「ちゃんと育ってるみたいだな」

「き、昨日植えたばかりですよね？　私、一週間ぐらい寝てたりしてませんよね？」

「寝てないし、一週間でも十分早くない？」

「それもそうですね――あっ、そう言えば見てくださいこのアブラブ！　すごくおっきいですよね！　私が知ってるアブラブの三個分ぐらいありますよ！」

彼女はそう言って、俺に成長したキャベツもどきを紹介してくれる。

俺は昨日の時点で種ではなく実物を見てきたから驚きは少な目なのだけど、リケットさんは今朝初めて見ただろうからなぁ。誰かと驚きを共有したかったのかもしれない。

「本当に大きいな。もったいないし、できるだけ悪くならないうちに食べちゃわないとな」

「も、もし腐って捨てるものがあれば、私に少し分けていただけると……」

「たぶん胃袋爆発するよ？　量的に」

というか腐ったものは食べるものではないんだよリケットさん。発酵食品は別として。

アブラブ一つですらバスケットボールよりも大きいサイズなのに、それが二十個以上――そしてもちろん他の野菜も元気に育っているこの状況で、俺たち八人で全て食べるのはなかなか難しい気もする。

一日で育ちきってしまったようだが、この畑に実った状態でどれだけ持つかだよなぁ。収穫したほうがいいのかもわからないし。

まぁその経過観察も含めて、色々検証していかないとな。

「リケットさん。もしこのまま起きているつもりなら、一緒に砂糖作ってみないか？　昨日メノさんにやり方を教えてもらったから、試してみたくってさ」

俺がそう提案すると、彼女はぶんぶんと勢いよく頭を上下に振った。ちなみにリケットさんも砂糖の抽出方法は知らないらしいので、二人ともド素人である。失敗したらそれも思い出の一つということで。

この世界の砂糖の原料であるパラックも他の野菜同様に成長していたので、それを収穫。大根とゴボウを足して二で割ったような大きさで、色は茶色。

三本だけ収穫して、リケットさんの家に持ち込み、まずは皮を剝く。中身はびっくりするぐらい真っ白で、試しにちょっとだけ齧ってみたら甘さはあったけど、えぐみもなかなか強かった。

「食べてみる？　毒はないってメノさん言ってたから」

「あ、アキトさんのその表情を見た後だとちょっと怖いですけど……も、もらいます！」

彼女はそう言うと、俺の手から豆粒ぐらいのパラックの欠片を受け取って、口の中に入れる。目を瞑って咀嚼した彼女は、うなりながら首を傾げた。

「ちょっと、喉が変な感じしますけど、美味しいですよ？　だって甘いですもん」

リケットさんがそんなことを言うので、もう一度食べてみるが、やはりえぐみがある。彼女の舌がおかしいのか、それとも俺の舌がおかしいのか、はたまた彼女はこのえぐみすら美味しいと思えるような食事が通常だったのか……あまり、深掘りはしないほうがいいかもしれない。

砂糖作りに関しては、基本的には煮詰めて水分を飛ばす作業のようだ。

日本で暮らしていた時になじみのあったサトウキビやてん菜が、どのような過程を経て砂糖になっていたのかは全く知らないけど、こんなに簡単ではないと思うんだよな。もっとめんどくさそう。

まぁそれは異世界作物に感謝するとして。

メノさんから布団作製時にもらっていた布の余りで刻んだパラックを絞り、湯煎にかける。木と魔鉱石で作製した網で灰汁《あく》を掬いつつリケットさんと会話をしていたら、葵たちやメノさんも起きてきて、いつの間にか結構な時間が経っていたことに気付いた。五時に起きてきたはずなのに、すでに時刻は八時である。

湯煎で地道に水分を飛ばしていくと、粘り気のある茶色のネバネバした物体になった。それを冷まして乾燥させ、この塊を砕けば砂糖として使えるらしい。

「ちょっとだけ茶色っぽいけど――味はどうかな？」

塊を指で砕き、ひとつまみだけ口の中に入れてみると、しっかりと砂糖ができあがっていた。甘くて美味しい。

後味に少しだけ自然の香りがするというか――これはこれで好きなのだけど、もう少し不純物を綺麗に取り除けば別の料理を邪魔しないような感じに作れるのかな。

まぁ初めてで砂糖の形になっただけで十分すぎる出来栄えだ。

「リケットさんも食べてみなよ」

「わ、私は砂糖なんて高級品、いただけません！　ど、どうぞ皆さんで召し上がってください！」

彼女はそう言ってスススと調理場から遠ざかり、手でメノさんや葵たちに食べるように促している。実に謙虚な振る舞いだ。

だけどなぁ、明らかに物欲しそうな視線をしているし、口の端には涎が見えちゃってるんだよ。リケットさん、そこまで隠しきる能力は持っていなかったらしい。

俺はこちらを向いたまま少しずつ離れていくリケットさんの背後に素早く回って、背中を押した。

そのタイミングで、葵たちもワーワーと騒ぎはじめる。

「リケットさんとお兄ちゃんが作ってくれたんだから、一番に食べないと！」

「拙者は最後で大丈夫でござる」

「……遠慮はいらない。リケットの次は私も食べたい」

アカネ、シオン、メノさんとそれぞれリケットさんに砂糖を食べるように促すような発言をしている。三人もうんうんと頷いて同意を示していた。

「嫌いってわけじゃないんだろ？」

「……そ、それはそうですけど」

「じゃあ何も問題ないな」

俺たちからの圧力に負けて砂糖をほんの少しだけ口に入れたリケットさんは、その後数時間にわたって幸せそうな表情を浮かべていた。

さて、砂糖はできたが、俺にはもう一つ早く食卓に並べたい作物がある。小麦――つまりパンだ。本音を言わせてもらえれば、小麦と一緒に稲も発見し、どちらでも選択できると言う状況が最良ではあるのだけど、それはいくらなんでも贅沢がすぎるというもの。

神様にもらった力や、メノさんに助けられてまったりとしたスローライフを送ることができてしまっているが、本来は魔物のいる島でのサバイバルなのだ――ということを、頭の片隅に残しておかなければなるまい。

小麦様に感謝していただくことにしよう。

とはいえ、畑に植えられた小麦の数はまだ少なく、全員分のパンを作れるような量はない。だから今日のところは畑を広げ、育った小麦の種を使ってさらに量を増やすことにした。

これまでも食事に困ることはなかったけれど、やはり主食となる炭水化物が欲しいのだ。

そのためには、イースト菌が必要になると思うのだが、このイースト菌がどうやって作られているのか、俺の脳内メモリには一切そのデータがない。本当に料理に関しては初心者なのだ。知識がなさすぎる。

こんなことならもっと勉強してくれれば良かったと思うが、異世界転生前提の勉強をしていたら、たぶん俺は白い目で見られていたはずだから、これは仕方のないことなんじゃないかなぁと自分の無知を正当化することにした。

俺の無知はさておき、誰かイースト菌のことを知らないだろうか？

みんなに相談してみたところ、アカネが待ってましたと言わんばかりにビシっと手を上げた。

「お兄ちゃん、それは私がやるよ！　パン酵母の作り方、ミエルさんに教わってきたから！」

ミエルさん――あぁ、あの天使のお姉さんか。建築の勉強だけをしてきたわけじゃなかったんだなぁ……ありがたや。

どうやら以前にアカネが作っていた瓶は、この酵母作りをするためのものだったらしい。

「よし、じゃあ酵母作りはアカネに任せようじゃないか。俺に手伝えることがあったら何でも言ってくれよ？」

「はーい！　じゃあ今日から私が酵母大臣だね！」

「お、おう。よろしくな」

なぜに大臣……？　いや、うん、別にいいんだけどね。楽しそうだし。

ともかく、アカネのおかげであっという間に悩みが解決してしまった。そしてさらに、シオンとヒカリが、

「「パン窯の作り方を勉強してきた（でござる）よ～！」」

そう言って、ソラとヒスイが、

「「石臼の作り方を勉強したよ」」

そんなことを言う。俺のやることなくない？　妹にお世話してもらっているような気分がしてな

らないんですけど。家も作ってもらったしなぁ。生前と立場が完全に逆転してしまったような感じがする。

きゃっきゃとはしゃぐ葵たちは、それぞれパン窯大臣とか石臼大臣とか言っているし、なんでもありみたいだ。俺は傍観大臣とかになっちゃいそうなんですが。

「わ、私も頑張らないと……！」

リケットさんがそんな葵たちを見てグッとこぶしを握っていた。張り切るのはいいことなんだろうけど、あまり周りと比べないようにしたほうがいいと思うぞ？　リケットさんの周り、特殊な人しかいないから。自分で言うのもアレだけどさ。

☆　☆　☆　☆

小麦の増産を進めてから数日、ついにパンを作る日がやってきた。

小麦の量もかなり確保できたし、アカネが作ってくれた酵母もある。ソラとヒスイが作ってくれた石臼も完璧に仕事をしてくれて、店で売っているような真っ白な小麦粉を作ることができた。

「パン作りのやり方を教えてください！　仕事を、私に仕事を〜」

俺に縋りつくようにリケットさんが言う。リケットさんは畑の管理をしてくれているのだけど、それでもそこまで大きな規模ではないし、ステータスもあるのでわりとすぐに作業を終えてしまう。

それで仕事に飢えてしまっているらしい。

彼女に仕事を与えるためだけに、畑を拡張するってのもあまり意味がないしなぁ……とりあえずパン作りはリケットさんと一緒に葵たちから教えてもらう予定だけど、この仕事は彼女に譲るべきなのかもしれない。

「することが無いのはわかるけど……あまり働きすぎないようにしてくれよ？」

「わかりました！　私にお任せください！」

元気よく返事をしたリケットさんは、さらに「ありがとうございます！」という言葉を口にして頭を下げる。ま、まぁ今後この島に娯楽とかがきちんとそろってきたら、彼女も『もっと休みが欲しい』なんて希望を言うかも――いや、言いそうにないなぁ。

俺や葵たち、メノさんとかがもっとのんびりしている姿を見せたら、彼女の感覚も少しずつ変わっていくだろうか。別に仕事をしまくるのが悪いとは言わないけどさ、自分の立場を考えてのことだったら申し訳ないし。

この島に住む人が健康に楽しく生活してくれることが、一番大事だからな。


「「「「コネコネ～」」」」

「はい！　コネコネ！」

葵たちの揃った掛け声に返事をして、リケットさんも小麦粉、水、酵母を混ぜたものをこね始める。

木の大きなお皿に載せて、このためだけに作った長いテーブルの上での作業だ。俺とメノさんは、今彼女たちが使っている木皿とテーブルを作ってから、六人の作業を見学している。

葵たちの手は小さいし、リケットさんも力強いとは言い難い綺麗な手をしているのだけど、パン生地をこねるのに苦労する様子はまったくない。それどころか、

「力加減が難しいですね――あっ」

パン作りに似つかわしくないバキ――という不穏な音が鳴って、リケットさんが使っていた木の皿がパカリと割れた。

あれは……メノさんの作ったお皿だなぁ。チラっと横を見てみると、ちょうど彼女も俺に目を向けたところで、困ったように苦笑していた。

「ごめんなさいごめんなさい！　しばらく雨水と雑草生活で構いませんのでお許しを……！」

「……そんなこと言わない。リケットは身体操作のスキルがないし、急激にレベルが上がっているから仕方のないこと」

土下座の勢いというか文字通り土下座をしているリケットさんに向けて、メノさんは手を差し出しながら言葉を掛ける。手を引いてリケットさんを立たせると同時に、メノさんは空間収納からもう一枚木皿を取り出してリケットさんに手渡した。

「……パン、楽しみにしてるから」

「ありがとうございます！　このご恩は一生忘れません！」

「……重い、もっと気楽でいい」

「あぁ！　ごめんなさいごめんなさい！」

　メノさんとしてはあまり気にしないで欲しかったみたいだけど、それがさらにリケットさんへの攻撃になってしまっている。メノさんはあまり積極的に人付き合いをしているという雰囲気ではないし、もしかしたらあまりコミュニケーションが得意というわけではないのかもしれないなぁ。あくまで俺の想像で、実際はそんなことないのかもしれないが。

「俺たちがジッと見てたら緊張しちゃうかもしれないので、外に出てましょうか？」

「……わかった」

　メノさんは俺の言葉に頷くと、空間収納からさらに五枚木皿を取り出して、テーブルの隅に置いた。いったい彼女はいつの間にあんな数を用意していたのか。

　葵たちがそれを見て、「これで私たちも割っても安心！」なんて言って空気を和らげてくれている。彼女たちは身体操作スキルがあるからそんなことにはならないだろうけど、申し訳なさそうにシュンとしてしまっているリケットさんのために言っているんだろうな。

　彼女たちがパンを作ってくれている間、俺はメノさんと別の材料を用意しよう。

　葵たちと相談して、今日の昼ご飯のメニューはもう決めているのだ。

「はんばあがあ……ってなんですか？　どことなく強そうな響きですけど」

俺の発言を聞いたリケットさんが、コテンと首を横に傾ける。メノさんにも実際に何を作るのかは伝えていなかったので、リケットさんと同様の動きをしていた。

「サンドイッチはこの世界にもあったよな？　あれに近いようなものだよ」

俺はこの島にやってきたばかりのころ、メノさんからハムレタスサンドのような食べ物をもらって食べている。ハンバーガーが無いとなると、たぶん一番想像しやすい食べ物はこれだろう。ただ名称が違うだけならば、翻訳機能がしっかり働いてくれるはずだし、この世界にハンバーガーに近いものはないと考えてよさそうだ。

「サンドイッチ……？　お肉と野菜をパンで挟む――そう言う食べ物があるとは聞いたことがありますが」

「……それがサンドイッチ」

あぁ、そうか。リケットさんはそもそもサンドイッチすらも食べたことが無かったのかもしれない。この世界で一般的であったとはいえ、孤児院で――しかも差別された状態で口にできるような食べ物ではなかったのだろう。

「じゃあリケットさん、今度はこのひき肉をコネコネです」

「ぺしぺしもするんだよ～」

こねたパン生地を発酵させている間に、先ほどメノさんと一緒に狩ってきたチャージボアのバラ肉ともも肉をひき肉にして、ハンバーグの生地を作っていく。中に入れるのはヒンナ（玉ねぎっぽい異世界野菜）と塩、胡椒。牛乳とか卵とか、他にも入れたら美味しくなるものはあるのだろうけど、今のところはこれでいいだろう。パン粉を入れたら美味しいらしいとソラが言っていたので、次回からはそうすることにする。

葵のこぶしぐらいの大きさの肉の塊を作って、みんなに配っていく。焼いたら崩れそうな気もするが、その時はその時だ。失敗は成功の母とも言うし。

「はいリケットさん、メノさんもやりますか？」

「……やる、もう手は洗ってる」

どうやらメノさんもやる気満々らしい。いつの間にかマントを空間収納にしまっており、内側に着ていた服は肘までまくってあった。

「「「「ぺしぺしー」」」」

「あぁやって、肉の中にある空気を抜くんですよ」

葵たち五人が並んで同じような動作をしているので、それをリケットさんとメノさんに見せながら説明する。右手と左手の間を、チャージボアくんのひき肉がメトロノームのようにテンポよく移動していた。

「……こんな感じ？」

「良い感じですよメノさん、経験者みたいです」

「……ふふん」

メノさんちょっと自慢げだ。七百歳相手に失礼かもしれないが、可愛い。

そして、リケットさんはというと、

「や、やってみます！　えいっ！」

爆散である。はじけるような音がすると同時に、赤いひき肉が彼女の左手を中心に激しく飛び散った。被害者はここにいる全員で――なかでも最も被害を受けていたのは、彼女の隣にいたメノさんである。

服と顔にひき肉がべとべとにくっついていて、放心状態になっていた。

「あぁああああ！　ごめんなさいごめんなさい！　ど、どどどどうすれば！　た、タオル持ってきます！」

よほど慌てていたのか、リケットさんはその発言の直後に足を絡ませてその場でこけた。いや、地面に落ちたひき肉で足を滑らせたのか？　まぁ彼女がこけてしまった要因はいいとして。

「……気にしないでいい。誰にでもミスはある」

メノさんはそう言ってからペシペシしていたお肉をお皿に置き、空間収納からタオルを三枚取り出して、俺とリケットさんに一枚ずつ配ってくれる。一枚は自分用かな。

「うぅ、本当にごめんなさい！　私は皆さんの役に立たなきゃいけないのに……」

リケットさんはメノさんから受け取ったタオルを大事そうに持ち、弱弱しい声でそう言った。

「……気持ちは嬉しいけど、役に立ってほしいなんてアキトは一言も言ってない。楽しく過ごしてくれることが大事」

「楽しく過ごす、ですか？」

「……そう」

おぉ……俺の気持ちをメノさんが代弁してくれている。内面を見透かされてしまっているようでちょっと照れ臭いな。

メノさんはちらっと俺を見てぺしぺしを褒められたときのようなドヤ顔をする。本当に七百歳なのか疑わしい子供っぽさが時々垣間見えるんだよなぁ。俺としては接しやすくて助かるけども。

「みんなもこれ使っていいよ」

「どうぞ」

「おお、ありがと二人とも」

俺がボケ～っとリケットさんとメノさんのやり取りを見ている間に、どうやらソラとヒスイが水の入った桶を用意してくれていたらしい。彼女たちに関しては、表面に付いた汚れなど服の上からでも吸収できてしまえるらしく、汚れは一切ない。忘れそうになるけど、彼女たちは全身がスライムだからなぁ。

「兄上聞いて！　拙者全部避けた！」

「シオンが避けたからその分壁が汚れたよ～」

「なんですと!?」

「切腹だーっ！」

「物騒すぎるわ！　そういうのは冗談でも止めましょうね、わかった？」

「「「「はーい！」」」」

葵たちはリケットさんのミスなど気にした様子もなく、一つのイベントとして楽しんでいる模様。

まぁお肉はまだ大量にあるし、足りなくなるってわけじゃないもんなぁ。

そんな風にちょっとしたハプニングはあったけれど、俺たちはハンバーグを合計十四枚、一人二つずつ焼くことができた。それと同時進行でパンも焼いているので、あとはそこにヒンナとアブラブを合わせて挟めば完成である。

ハンバーグのソースなんてものはないから塩コショウのみだけど、十分に美味しいだろうなぁ。

パン、どんな味がするんだろう。


「おぉぉ…………いいな、これまた美味いぞっ！」

出来立てほやほやのハンバーガーにかぶりつき、口の形に削れたハンバーガーの断面を見ながらそう口にする。

本当にこの料理に俺が携わったのか疑いたくなる美味さだ。料理なんてほとんどしたことがなかったのに、これほどまでに美味いものができるなんて……さすが異世界肉。

肉汁はたっぷり――かと思いきや、多いのは多いのだけど、パンから少しこぼれるぐらいでとどまっている。そして肉汁が染みたパンがまた美味しいのなんのって――異世界産だからなのか、それとも挽きたて焼きたてのおかげなのか、小麦の良い香りもする。

そしてそれに加えて、ヒンナとアブラブのシャキシャキした歯ごたえとみずみずしさが、次のひと口を誘発させている。なんてグルメレポ的なことを考えていたら、いつの間にか一つ目を食べ終えていた。

みんなの様子はどうだろう、と今更ながらにあたりを見渡す。

「「「「おいしー!」」」」

「うっ、うっ――私は幸せ者です……」

「…………」

葵たちはわかりやすくハンバーガーを評価してくれて、リケットさんは一口だけ食べた状態でボロボロと涙を流している。メノさんは口の中にいっぱいにハンバーガーを詰め込んでしまったらしく、両のほっぺたを大きく膨らませてもきゅもきゅと口を動かしていた。

「リケットさん、好きなだけ時間を使って食べていいからな」

「――あいっ！」

涙を袖で拭いながら、リケットさんは返事をした。そうして一口食べて、また嗚咽を漏らしている。日本で美味しい食べ物を食べてきた俺でも感動するレベルだからなぁ。こうなってしまうのも無理はないのかもしれない。

「……すごく美味しい」

「お、口の中はスッキリしましたか？」

「……詰め込みすぎた、美味しくて」

「あははっ、それは作った甲斐がありますね。とは言っても、俺はほとんどサポートのようなもので、葵たちやリケットさんが頑張ってくれたんですけどね。もちろん、メノさんも手伝ってくれましたし」

「……ん。また食べたい」

「気に入ってくれたようでなによりです」

メノさんは俺の言葉に頷くと、もう一つのハンバーガーを手に取り、目を閉じて大きく口を開ける。そしてかぶりつき、目を閉じてゆっくりと味わいながら咀嚼していた。

なんだか彼女が食べている姿を見るだけで俺も食欲がわいてきてしまった。もう一つずつぐらい作っておけばよかったかなぁ。

次に作る時は、想定の五割増しぐらいの量を作ることにしよう。

そして午後。

調理に使った器具やお皿などを洗って片付けたら、活動の開始だ。

自分がすることもそうだけど、リケットさんに振る仕事のことも考えないといけないんだよなぁ。

今日は砂糖作りをしたりパン作りに向けた作業をしていたりしたから時間がつぶれたけれど、この土地が高性能すぎて畑の世話がほとんどないから、どうしても草むしりとかばかりになってしまうんだよなぁ。

彼女自身も仕事を欲しているようだし、楽しくてやりがいのある仕事を考えてあげたい。なにも案はないんだけども。

「どうしてもダメですか……？」

玄関前の階段に腰掛けて、『どんな仕事があるかな』と考えながら手彫りでお皿を作っていると、リケットさんの声が聞こえてきた。声のするほうを見てみると、メノさんとリケットさんが向かい合って話をしていた。

わりと近くにいたのに、いままで気付かなかったとは……結構集中してしまっていたらしい。それにしても、何の会話だろう？『家を掃除させてください！』とか頼み込んでいるのだろうか？

「……じゃあ試してみたらいい」

「いいんですか!?」

「……痛い目見るだけ」

どうやら掃除ではないっぽい。『痛い目見る』だなんて物騒なワードも飛び出していた。

これは俺も話を聞いたほうがいいかもしれない——そう思って作りかけの木工製品は一旦脇に置いて、彼女たちの下へ小走りで向かう。

「どうしたんですか？」

俺が駆け寄ってくる時点でこちらに気付いていた二人は、それぞれ違う反応を見せた。メノさんは肩を竦めて眉を八の字にして、リケットさんは申し訳なさそうに俯いている。

「……リケットが結界の外に出る許可が欲しいらしい。危ないし、そもそも魔素酔いで無理」

「なんでまた——いやいや、そりゃこんなところに閉じ込められてるから嫌がるのが普通なのか？」

「違うんです！　この場所は骨を埋めさせてほしいと思っているぐらい好きです！　で、でも、結界内はもうすでに歩き回ってまして、新たな食材を探すとなると、結界の外かなと。それ以外にも、何かみなさんのお役に立てるようなものを発見できるかもしれませんし」

「……だから、一度魔素酔いを体験させる。一度懲りたほうがいい」

「平気なんですか？」

「……後遺症とかはない」

メノさんはそう言うと、テクテクと世界樹から遠ざかるように歩き始める。それを追うようにリケットさんも歩き始めて、俺もそれに続いた。

なんというか――スパルタ教育だなぁ。嫌われてもいいから、リケットさんに危ないことをさせないようにしているのだろうか？　メノさんにしてはちょっと冷たい態度のような気もするけど、命に関わることだから仕方がないのかもしれない。

俺も今後のために、魔素酔いになった人がどんな感じになってしまうのか、見ておいたほうがいいだろう。

「――じゃあ、出ます」

結界の境目の場所までやってくると、リケットさんは臆病風に吹かれることなくそう宣言して、結界の外に手を伸ばす。顔がほんの少しだけゆがんだ。

「う、腕の内側から熱くなってる感じはありますが、これぐらいなら大丈夫そうです！」

そう言って、結界の外へと一歩踏み出す。――だが、

「――○×、△▼……□●――」

背を曲げ、頭を抱えて苦し気に呻いたリケットさんは、異世界語で何かを言いながらふらりと意識を失った。彼女が倒れる方向にはメノさんがしっかりと待機していて、背に手を回し、膝の裏にも手を通して軽々とリケットさんをお姫様抱っこ状態で持ち上げた。

そして結界の内側にまでテコテコと歩いてきて、俺と目を合わせる。

「……少なくとも、レベルが500を超えないと厳しい。リケットもレベルが上がってきてるけど、まだ時間がかかる」

「閉じ込めてしまってるみたいで申し訳ないですね……」

「……こればかりは仕方ない。外でしかできない仕事もあるけど、中でやる仕事もある」

「何か心当たりあります？　リケットさんの仕事」

「今日はそのために森に行く予定だった」

呆れたように鼻息を吐いたメノさんは、家に向かって歩き始めた。なんだかんだ言って、やっぱりメノさんってお人よしだよなぁ。

魔素酔いで意識を失ってしまったリケットさんは葵たちに預け、俺とメノさんは再び結界の外にやってきた。メノさんは口数少なく、時折後ろを振り返ってため息を吐いていた。

「メノさんにしてはきつめに伝えてましたけど、やっぱり心配なんですね」

俺の中でのメノさんはもっと過保護なイメージがあったんだけど、スパルタな面もあったらしい。

「……反省してる。でも、一度体験しないとわからないこともある」

メノさんはそう言ってテクテクと森の中を歩く。視線は木の根元に向いており、きょろきょろと何かを探している模様。彼女の探しているものが、おそらくメノさんの『中でやる仕事』に関係しているのだろう。

「何を探せばいいですか？　俺も手伝います」

正直、メノさんについてきたのはただの成り行きだ。結界の外に出るというリケットさんについてきて、その後はしょんぼりしてしまっているメノさんが心配になってついてきた。このまま何もせずともきっと彼女は復活していたんだろうけど、どうせ俺もこれといって仕事はなかったし、いま彼女を一人にするのは気が引けたのだ。

「……繭《まゆ》を探す。木の根と地面の隙間にこれぐらいの白い繭がある」

メノさんはそう言うと、俺に向かって握りこぶしを向けた。俺のこぶしよりずっと小さくて、まるで幼い子供の手のようにも見えるんだけど――たぶんあのこぶしを振りぬけば、この辺りの極太の大木も砕け散るんだろうなぁ。

「繭って言うと――もしかして糸作りですか？」

「……そう。リケットには繭から糸を作る仕事、それと布を作る仕事、時間があれば、そこからタオルとか服も作ってもらう」

「なるほど……メノさん、その辺りの知識もあるんですか？」

「……糸までならわかる。布以降のことは、友人に頼むつもり。今は忙しくしてるから、ちょっと時間がかかると思う」

「友人っていうのはもしかして――」

「……うん、七仙の一人」

わーお。またこの世界の重要人物がこの島にやってくるみたいです。しかも布作りの知識を伝授しに。恐れ多過ぎないだろうか――なんて思ったけど、いまこうして普通に話しているメノさんも、同じ立場の人なんだよなぁ。

森の中で見つけた繭は、本当にメノさんの握りこぶしサイズの物だった。真っ白で、蚕の繭を巨大化したような見た目をしている。木の根の陰になっていて気づきにくかったけれど、十分ほど歩いただけでも三十個ほどの繭を見つけることができた。大量である。

「仕組みはわかるし、なんとかなるだろ」

俺が今から作製するのは糸巻き機。繭から糸を効率的に取り出すためのものである。

全てが一体になったものなら魔鉱石でちゃちゃっと作製してもよかったのだけど、糸巻き機となると歯車をかみ合わせたりする必要があるし、どうせならＤＩＹっぽいことがやってみたかったので、おおざっぱでいいところは木材で、精密に作る必要がある部分は魔鉱石で作ることにした。

「……できそう？」

木材を魔力のナイフでカットしていると、メノさんが上から俺の手元をのぞきこむようにして声を掛けてきた。

「まだこれからですね——リケットさんは大丈夫そうでした？」

「……気持ちよさそうに寝てた」

「それはよかったです。あの子は働き者ですからね、案外これがいい休息の機会になったかもしれません」

きつい思いをしてしまったかもしれないけど、ポジティブに考えたらな。俺も会社にいたころインフルエンザで休めたときは嬉しかったもんなぁ……いや、これは少し違うか。

そんな昔のことを思い返していると、メノさんは俺の隣に腰を下ろして、膝を抱えるようにして座った。

「……暇つぶしに見てる」

顎を膝に載せ、視線は俺の手元へ。

たぶん、俺が間違ったこととかをして悩んでいたら助言してくれるつもりなんだろう。俺も人のことを言えないかもしれないけど、世話好きな人だ。

「ええ、見ていて楽しいかはわかりませんが、ご自由に」

誰かに見られながらの作業は少し緊張しそうだなと思ったけど、彼女の醸し出す空気感のおかげか、俺は終始穏やかな気持ちで糸巻き機を作り上げることができた。

そしてちょうど糸巻き機が完成した頃合いに、リケットさんが走って俺たちのもとにやってきて勢いそのままに土下座をした。

「メノさんアキトさん、大変申し訳ございませんでした！　自分の力を過信しすぎておりました！」

彼女は頭を下げたまま、俺たちに向けて謝罪の言葉を口にする。まぁ結果的にメノさんに手間をかけることになってしまったけれど、彼女の行動は百パーセント善意だからなぁ。メノさんがどう思うかわからないが、俺は『努力家だなぁ』と思うぐらいである。

苦笑しながらチラリとメノさんを見てみると、彼女も俺と似たような表情で俺のことを見ていた。

全く同じタイミングで同じ動きをするものだから、俺たちは二人ともぷっと噴き出してしまった。

あ、やべっ。

「――あぁっ、違うぞ!? リケットさんのことを笑ったわけじゃないからな!?」

「いえ、こんなバカな女、笑って当然だと思います！」

「……違うから」

「ごめんなさいごめんなさい！　早とちりしました！」

メノさんの言葉にはパワーがあったらしい。たしかに、さっきの俺の言い方って誤魔化している
ような雰囲気だったかもしれないな。

「……いま、アキトがリケットの仕事道具を作ってくれている」

「そしてメノさんが材料をとってきてくれたんだぞ」

「……アキトも」

メノさんはこう言ってくれているが、俺が見つけた繭は五個ぐらいである。メノさんは二十個以上。もっと自分の手柄にしちゃってもいいと思うんだけどなぁ。

俺たちの会話を聞いて、リケットさんは俺の手元にある糸巻き機を見た。謝るのに必死で存在に気付いていなかったらしく、リケットさんは驚いた様子で目を見開いていた。

「こ、これはまさか――……なんでしょうか？」

「なんで知ってる風な反応したんだよ」

「わかるかなぁと思ったけどわかりませんでした」

考えるより先に口を動かしていたらしい。まぁこれも少しずつリケットさんの緊張がほぐれてきた証拠と思えば、嬉しいことである。

可愛らしく舌を出して誤魔化しているリケットさんに、メノさんが「……これは糸巻き機」と説明してくれる。

「糸巻き――ということは、この白いのは繭ですか？」

「おぉ、もしかしてリケットさん、やり方わかるの？」

「い、いえ、話で聞いたことがあるぐらいでやったことはもちろんないですし、実物を見たのも初めてです」

「……それは私が教えるから大丈夫」

「――っ！　ありがとうございますメノ様！」

「……『様』はいらないから」

メノさんは呆れたようにそう言って、肩を竦める。それから俺を見て、鼻から安堵の息のようなものを吐いていた。一時はどうなるかと思ったけど、丸く収まったようでなによりである。

「繭を……繭をくれませんか!?　もう全部糸にしちゃったんです！　結界内はもう全て探したんです！　でもないいんです！」

「う、うん、また午後取ってくるから、それまではえっと、畑とか掃除とかでよろしく頼むな」

「お願いしますよアキトさん！　このままでは私の存在意義が！」

「存在意義なんていらないよ――ねぇメノさん」

「……アキトの言う通り。あと数日待ってくれたら、次の仕事もあるから」

# 第六章

リケットさんに新たな仕事ができて少しほっとしていたのだけど、このままでは糸ばかりが大量に生産されてしまう。別にそれ自体は悪いことではないし、俺たちが助かることには違いないのだけれど、できるのであれば早く衣服やタオル等を作りたいところ。

そしてそれはメノさんもひしひしと感じていたようで、

「……ダメ元で友人のところに行ってみる」

そう言ってから転移で出かけていった。嫌々行くというよりは、『しょうがないなぁ』という感じで、リケットさんはそんな彼女を土下座で見送っていた。

「じゃあ俺はまた繭を探してくるから、それまではのんびりしてて大丈夫だぞ」

「いえ！　お掃除をしておきます！　アキトさん、ありがとうございます！」

「あははっ、もっと気楽にな」

「はい！」

全然気楽そうじゃないなぁ。まぁこれも時間が薬——元々の性格からこんな感じだとこのままかもしれないけど、それがわかるのはもっと先なんだろうなぁ。葵たちもメノさんも真面目なタイプだし、俺も仕事を探しちゃってるし……この状況で『のんびりやっていいよ』というのは難しいことなのかもしれない。

次にやってくる人が、もっと自然体でちょっと怠けたりするような人だと、ちょうどよかったりするのかもしれないな。

「私も行く～」

「拙者もいくでござる！」

「私も！」

今回はメノさんが一緒にいないということで、ヒカリ、シオン、アカネの三人が同行を申し出てきた。どうやら俺一人が森に出て行くのは心配らしい。

まぁ十歳とはいえ、先日のレッドスネークを一撃で倒している場面を思い出せば、『危ないから』という理由で拒否もできないよな。

ソラとヒスイはお留守番――という名目でリケットさんを見張っていてもらう。なにかイレギュラーなことがあった場合に対応してもらうためだ。

「忍法、壁走りの術！」

「下りてくるとき気を付けろよ～」

「お兄ちゃん見て、きのこ！」

「赤と紫とはまた――絶対毒だろこれ」

「チョウチンアンコウできた～」

「アホ毛光らせるのもいいけど、警戒も忘れずにな？　みんなもだぞ？」

「「はーい！」」

とても呑気だ。まぁ魔物はいまのところ見つかっていないし、この辺りはメノさんが早起きして一通り魔物を狩ってくれていたらしい。俺が荷物持ちをして、アカネ、シオン、ヒカリの三人が繭を探してくれている。

「十個ぐらい見つけたら一旦帰ろうか、リケットさんが待ちわびてるだろうし」

結界の外で繭探しをしているとは言っても、万が一を考えて結界から遠く離れないよう注意はしている。俺たちのレベルを考えれば鼻で笑われるぐらいに警戒しすぎなのかもしれないけど、もう二度と葵を失いたくはないのだ。

繭の入った木の籠を抱え、何やら俺に聞こえないようこそこそと話をしている三人を見ていると、三人同時にこちらを見た。表情は満面の笑み。

「兄上、見て！　だんご！」

シオンがそう言って体を輝かせると、他の二人もシオンを追うように光り始め、三人はスライムの形態に変化する。それからシオン、ヒカリ、アカネの順に下から積み重なり、何とも毒々しい三色団子が俺の目の前で完成した。

「ここまで食欲をそそらない三色団子も珍しいな――って、ちゃんと周りを警戒しとけよ？　遊ぶのもいいけど、せめて結界の中でやるよう――『○×◆！　▼◆□○●っ！』――は？」

聞き覚えの無い声が空から聞こえてきた。そちらに目を向けると、そこには百以上ある大量の氷の槍が空に浮かんでおり、槍の中心には十代半ばといった雰囲気の少女が氷の足場に立ち、険しい表情でたたずんでいる。

薄紫の髪はツインテールになるように結ばれていて、濃い紫で綺麗な装飾のついたマントを羽織っている。キッと吊り上がった瞳で見据えるのは――葵たち？

「――×●▲○！」

結界の外のため、彼女が何を言っているかさっぱりわからない。しかし彼女は、俺に向かって何かを必死に訴えかけているようであった。

彼女が勢いよく手を前にかざすと、氷の槍が一斉に葵たちへ襲い掛かる。

「バカ野郎っ！」

とっさに葵たちの前に出て、魔力の剣を作り出して構える――この槍を全て破壊できるかはわからない――が、いざとなれば体に突き刺してでも後ろには行かせない。葵たちには絶対、傷一つ負わせない……！

そんな意気込みを見せていたのだけど、氷の槍が俺の下へ届くよりも先に、炎の分厚い壁が攻撃を阻んだ。轟々と燃える炎に焼かれ、槍は一本もこちらへたどり着くことができていない。

「今の魔法はアカネか⁉」

「お兄ちゃん、すぐに逃げて！　こいつは私たちがやる！」

「アホか！　お前らこそ今すぐ結界に向かって走れ――って、シオンとヒカリはどこ行った⁉」

炎の壁がなくなり、敵がいた方向が見えるようになる。そこでは人化したシオンとヒカリがそれぞれ木の枝を持ち、先ほどこちらに攻撃をしてきた少女と戦っていた。

「――▼××○◆⁉　◆▼□△！　○×、×□▼△○××□○■！」

薄紫髪の少女は混乱した様子を見せながらも、シオンとヒカリの攻撃を素手で的確にさばいていく。葵たちの戦闘経験が浅いとはいえ、俺からすればシオンもヒカリも上級者のような戦いを見せている。

しかも彼女たちのレベルは２５００。メノさんから聞いた話によると、彼女たちはこの世界でも上澄みに入るはずなのだが――その二人の攻撃を危うげなくさばいている……？

もしかしなくても、七仙の誰かじゃないのか？

「○×△、▼□×▼○●！　■◇▼×！　◇●○△▼！」

薄紫髪の少女は二人の攻撃を凌ぎながらも、俺に向かって何かを叫んでいる。だから言葉わかんねぇんだって！　そして俺が彼女に向かって『攻撃を止めろ』と叫んだところで、それはきっと意味をなさない。

「お兄ちゃん、行くよ！」

「ソラ!?」

いつの間にか、俺の傍には結界内にいたはずのソラがいて、俺を守ろうとしていたアカネ――それからソラと同じく留守番をしていたヒスイも薄紫髪の少女と戦い始めている。

先ほどまで拮抗した感じだったけど、今では謎の少女が押され気味になっていた。

さらにそれだけではなく――、

「……×、○◇▼△■……○■×○△……」

真っ青な表情のリケットさんが四つん這いの状態で姿を現した。そして、苦しそうなうめき声を上げながら絶賛戦闘中の葵たちの下へと向かっていく。

「ちょ、リケットさん!?　なんでここに!?」

「……□■、△×○□●――」

息をするにも苦しそうな様子で、彼女は進んでいく。途中、一瞬だけ俺のほうを振り返って、ニコリと笑った。なんで死地に向かうような悲しい笑みを浮かべてんだよ!

やばいやばいやばい!　早くこの状況をどうにかしないと!　状況がどんどん悪化してる気がする!　ただ一つ気になるのは、あの紫の少女が俺には一切攻撃する意思を見せず、葵たちだけに敵意を向けていたということだ。

もしかして、葵たちがスライムの状態だったからなのか……?　あの少女は、俺を助けようとした……とか?　だとしたらなんという不毛な戦いなんだ。

見た感じ、葵たちも敵を戦闘不能にしてしまおうとはしていないようで、どちらかというと手数を増やし、相手に攻撃する暇を与えないようにしているようだった。彼女たちは彼女たちで、どうすべきか戦いながら悩んでいるのだろう。

なにしろ、相手は魔物ではなく人間だ。レッドスネークのように、安易に消し飛ばすわけにもいかない。

「葵！　一旦引け！」

ソラの手を振り払って、足に力を籠めようとしたところで、パッとメノさんが葵たちと謎の少女の間を割るように現れた。転移魔法か。

「――メノ！」

薄紫髪の少女が、メノさんを見て安堵の表情を浮かべた。しかしすぐに、メノさんの背後でいまだ臨戦態勢を解いていない葵たちを見ながら険しい顔つきになる。

というか、やっぱりメノさんの知り合いじゃん。

「●×△□△●×！　●○△▼□×□！　■▼×□！　×▼□◆――ふぶぉるわぁっ!?」

少女は必死になって何かを伝えようとしていたようだが、メノさんのかかと落としによって勢いよく地面に突き刺さった。地面はえぐれ、砂埃が舞い、あとに残されるのは静寂のみ。

「――あ、葵っ！　とりあえず下がれ！　こっちにこい！」

ひとまず、危険人物の傍にいさせられないと思い、葵たちに声をかける。戦闘をしていた四人は、怒った表情を見せるメノさんと、地面に頭から突き刺さっている少女を交互に見て困惑した様子を見せながらも、こちらに走ってきた。

「なんなんだろうね～？　あの人」

「急に襲ってきたわりには、あちらも困惑していたでござる。何を言ってるかはさっぱりでござったが」

それは俺もだよ。大混乱だよ。そして葵たちの好戦的すぎる対応にもびっくりだよ。

俺を守ろうと思っての行動だとは思うけど、危なっかしいから今後は自重してほしい。自分を守るために行動してほしい。兄としては、俺を盾や囮にして逃げるぐらいの気持ちでいて欲しいものだ。

「と、とりあえず、ソラとヒスイはリケットさんをつれて戻っていてくれ――魔素酔いでつらいだろうから。あぁ、やっぱりシオンたちも一緒に帰ってくれ。俺はメノさんから詳しい話を聞いてみる」

俺がそう言うと、彼女たちはしぶしぶといった様子で結界の中へ――と思いきや、やはり不安だったらしく、ヒカリとシオンだけは戻ってきた。

心配してくれるのは嬉しいけど、俺はお前たちが傷つくほうが心配で――あぁ、葵たちもきっと、俺と同じ思考なんだろうなぁ……諦めるか。

あまり、葵たちに怒った姿を見せたくなかったのだけど。

「この人、メノさんの知り合いなんですよね？　名前呼んでましたし」

「……すごく申し訳ない。ごめんなさい」

「いや、メノさんに怒っているわけではありませんし、この人はたぶん俺のことを気にかけてくれての行動だったとは思いますけど……もう少し状況を見て行動してほしかったですね。おかげで葵たちを危険な目に遭わせることになっちゃいましたし」

三色団子状態の葵を見て、俺が襲われていると思ってしまったんだろうなぁ。

俺とメノさんの前には、先ほどまで地面に埋まっていた少女が土下座を決めている。場所は家からは離れているけど、いちおう結界の中。そうじゃないと言葉が通じないし。

先ほどまでの威勢はどこへ行ったのか、薄紫髪の少女はぷるぷると小刻みに震えていた。

俺はそんな彼女の姿を見てため息を吐いたのち、柔らかい声を意識して話しかける。

「いいですか？　あの子たちは俺の妹です。たしかにスライムの状態になっていたから勘違いされても仕方なかったのかもしれませんが、俺を襲っているように見えましたか？」

「……そこまで見てなかったのだ、ごめんなさいなのだ」

謎の少女は頭を地面につけたまま、反省の言葉を口にする。いじめている気分になってきたな……そもそも葵たちを急に攻撃されたとはいえ、彼女には悪気はなかったわけだし——それどころか、百パーセント善意での行動だったんだもんなぁ。

「もうその姿勢はいいですから、次からは気を付けてくださいよ？　俺を助けてくれようとしたことについては、お礼を言っておきます。ありがとうございました」

優しい声を心がけてそう言うと、彼女はうるうるとした瞳で俺を見上げる。

「……アキトはレベル９９９９だから、怒らせないように」

「ひぃいいいい!?　め、メノよりもレベルが高いぃいいいいい!?　ごめんなさいなのだ！　お、お金ならあるのだ！　それともルプルの体が目当てなのだ!?　は、初めてだから、優しくしてほしいのだ……」

「何言ってんですか……メノさんも、俺は別に怒ったからって暴力的になったりしませんからね？」

「……ルプルは強者には従うタイプだから、言っておいたほうがいい」

「別に従わせようとか思ってませんよ。えっと――お名前はルプルさんで良かったですか？」

俺は未だに地面に膝と手を突いたままの状態の少女に向かって手を差し伸べながらそう言った。

すると彼女は俺の手をおそるおそる握り、ゆっくりと立ち上がる。

戦っていた時は混乱を見せながらも猛々しい雰囲気を持っていたのだけど、現在の彼女はウサギとかヒヨコみたいなイメージがしっくりくる。怯えまくりだ。

「俺はアキトです」

「よろしくなのだ、ルプルはルプルなのだ！」

つい数秒前まで怯えてたと思ったんだけど、急にフレンドリーになった。

彼女は挨拶をしたのち、俺の手を握ったままぶんぶんと上下に振る。暴走すると危険だけど、人懐っこい子だな……いや、子？

メノさんの知り合いで、レベル２５００の葵たちの攻撃を凌ぐ人が、子？

「あの、メノさん、ルプルさんってどういう人なんですか？」

俺がそう問いかけると、メノさんはポンとてのひらにこぶしを落として、「……それを言ってなかった」と口にする。

「……彼女にリケットの仕事の指導を頼むつもりだった。私が呼ぶより前に、勝手に来ちゃったけど」

「というと、ルプルさんが例の友人さんってことですか？　布作りとか教えてくれるって言う」

「……そう。彼女は裁縫関係が趣味だから――こんな風に好き勝手に行動したりするけど、裁縫の知識に関してはしっかりとある――はず」

メノさんがそう言うと、ルプルさんが不服そうに「それはメノが悪いのだ！」と反論した。

「だってメノの家に行ってもいなかったのだ！　だったらメノが間引きをしているこの島にいると思ったのだ！　なんの連絡もよこさないメノが悪いのだ！」

「……アキトたちのことを知らせなかったのは私の厚意によるもの。そんなこと教えたら、ルプルは国をほったらかして見にきそうだし。今日も様子を見に行って、忙しそうならそのまま帰ってくるつもりだった」

「そんな冷たいこと言わないでほしいのだ！」

ルプルさんの駄々に、メノさんは肩を竦める。そしてこれ以上の話は不要と思ったのか、話題を「国のごたごたは落ち着いたの？」と切り替えた。

「だいたい終わったから逃げ――終わったからいいのだ！」

「……ルプルの配下が可哀想」

いまこの人『逃げてきた』って言おうとしたよな。まぁそれは置いておいて――なんだかルプルさん、重要ポジションにいる人な気がしてならないんだが。『配下』なんて言葉、日常生活で聞かないんですが。

いやでも、メノさんが特殊なだけで、七仙って人はそういう立ち位置になるのか？　彼女にも実は、配下なんて人たちがいたりするのだろうか？　いや、いないだろうな……これまで一緒に過ごしてきたなかで、そんな話は出てきてないし、彼女の生活からそういう人がいるような空気が一切ないから。

そんなことを考えつつ二人のやりとりを見守っていると、メノさんが俺を見て鼻からため息を吐く。

「……ルプルはいちおう魔王だけど、適当に扱っていい」

「…………なるほど、そういう感じですか」

俺ついさっきまで、この世界の魔王に土下座させてたんですか？

彼女が魔王であることに関しては、深く考えないようにすることにした。

主に人族が住んでいるエルダット大陸と違い、ルプルさんが王様をしているヴィヘナ王国は、大陸全土を支配しているらしいが、その辺りも考えないようにする。他でもない彼女自身がそういった対応を望んでいるようだから、俺としては拒否する理由もない。

彼女はメノさんの友人で、リケットさんに裁縫の技術を教えに来てくれた人。うん、情報はそれだけでいいよな！

「る、ルプル様って、もしかして七仙の魔王ルプル様――ですか!?」

ベッドで目を覚ましたリケットさんの下へ、ルプルさんを連れて行って自己紹介をしてもらうと、また気絶するんじゃないかと思うぐらいリケットさんはびっくりしていた。

リケットさんも、まさか魔王から裁縫を教わることになるとは思っていなかっただろうなぁ。俺からすれば、急に家に総理大臣や天皇陛下のような人がやってきて、裁縫を教えようとしてくるようなものだろうし。

ちなみに、あの時リケットさんが森に出てきた理由だが、自分を囮にしてもらおうと思ってやってきたらしい。覚悟決まり過ぎだろ。

感謝はしたけれど、もうこんなことをしないように厳重注意しておいた。

「そうなのだ！　ルプルは魔王なのだ！」

「お、お会いできて光栄です！　そ、その、わ、私礼儀とかマナーとかそういうのわからなくて――」

「ルプルは気にしないのだ！　どうせこの島に来ることのできる人は限られているし、ルプルも仕事を忘れたいのだ！　あと、アキト様に『リケットさんに優しく教えてあげてくれ』と言われてるのだ！」

「アキト様は止めろって言ったよな？」

「ご、ごめんなさいなのだ！　じゃあ『アキト』にするのだ！」

まぁそれが無難だろう。無難ではあるけれど、そこに様付けと呼び捨ての間にさん付けなどの選択肢は無かったのだろうかと思ってしまった。それはそれで気まずいから、結局は呼び捨てをお願いしただろうけども。

ちなみに俺の彼女に対する言葉遣いが雑なのは、他ならぬ彼女に懇願されたからである。俺に丁寧な言葉で話されると、説教されているような気分になってしまうらしい。気持ちはわからんでもない。

「それにしても、裁縫が趣味って――ちょっとイメージと合わないいな。別にそれが悪いとはちっとも思わないけどさ。俺のイメージの中での魔王って、もっと豪快なイメージがあったんだけど」

「？　魔王の性格がみんな一緒になるわけないのだ」

それはそう。

俺の知る魔王というのは世界征服とかを企んだり、人類を滅ぼそうとする魔王だから、この世界の『魔人族の住む地域を治める王様』という地位とは一緒にはできないのだろう。

魔王と争う勇者の存在もこの世界にはいないようだし、平和な世界の魔王様だ。

「まずは機織り機を作って、布を作るところからなのだ！　それはルプルが作ってくるから、それまでは糸作りでもしててほしいのだ！」

機織り機――なんとなく聞いたことのあるワードだ。歴史の授業とかで習ったんだろうか？

過去の転生者が伝えたものなのか、この世界独自の知識で発展したものなのかはこの際関係ない。だって俺が知らないのだから判断しようがないし。葵たちも知らないからこそ、こうしてルプルさんを呼ぶことになったのだから。

「は、はい！　よろしくお願いします！」

「うむ！　では行ってくるのだ！」

授業参観での小学生を彷彿とさせるような元気な声で返事をしたルプルさんは、走って部屋から出て行く。メノさんによると、彼女はメノさんの百年後に転生した不老の魔人族――つまり、年齢は六百歳を超えているらしいのだ。

全然そうは見えないし、本人だけが『王様なのだ！』と言っても信じられなかったかもしれない。

葵たちが襲われたときはさすがにびっくりしたけれど、仲良くなれそうな人で良かった。


ルプルさんは葵たちの協力を得て、無事に機織り機を作り上げた。

どうやら彼女が一人で作業をしているところに、葵たちが手伝いに向かったらしい。

彼女たちにとっては自分を襲ってきた相手だが、メノさんの友人であるということ、勘違いであるということ、俺を守ろうとしての行動だったこと、人間的に悪い人ではなかったことなどの理由で、積極的に打ち解けようとしてくれているようだった。

ソラがこそっと俺にそう教えてくれた。

それに加え、ルプルさんの精神年齢がどうにも葵たちに近い——いや、見た目はともかく、言動はルプルさんのほうが年下っぽくも見えるぐらいなのだ。お互いに、接しやすいのかもしれない。

閑話休題。

機織り機の使い方をリケットさんにレクチャーしてくれたルプルさんは、そのまま彼女の作業を見守るのかと思いきや、『アキトたちの作ったものを見てくるのだ！』と言って作業部屋から飛び出していった。

自由奔放というかなんというか……少し前に『わがまま言ってくれる人がいたらなぁ』とは思っ

ていたけれど、こういう感じなのか？

「……リケットは私が見ておく、ルプルがやっているのを見ていたことがあるから、だいたいわかる」

「よ、よろしくお願いしますメノさん！　頑張ります！」

「……ん、気にしないでいい。アキトはルプルをよろしく。変なこと言い出したら、私を呼んで」

変なことを言い出したら——か。

でもルプルさんって、たしかに勝手に判断して暴走してしまったとはいえ、自分本位な人ではない気がするんだよな。リケットさんの機織り機も真面目に製作していたし、教える様子も見ていたが良い指導者だったと思う。

だから変なことを言い出したとしても、それは結局勘違いからの暴走で、きちんと説明すればメノさんを呼ぶまでもないんじゃないかなぁ。

なんて思っていた時期が俺にもありました。

「ループールーもーこーこーにー住ーみーたーいーのーだーっ！」

リケットさんの家を出ると、駄々っ子のように叫ぶルプルさんの声が聞こえてきた。

場所は俺の家を挟んだメノさんの家の前。仰向けになって地面に寝転がり、五人の葵たちに見下ろされながら、じたばたと手足を動かしている。そしてそのばたばたと動かしている左手には齧ったあとのある世界樹の果実が握られている。

「メノだけずるいのだ！　ルプルも家が欲しいのだ！　これだけ強くて美味しい魔物が生息している島で、安全に暮らせる場所と世界樹の果実が食べ放題なんて、ずーるーいーのーだーっ！」

めちゃくちゃごねていた。その後も「欲しいのだ欲しいのだ欲しいのだ！」と世界樹の果実を齧りながら暴れたルプルさんは、アカネから「お兄ちゃんに聞いてみたら？」と言われ、即座に「そうするのだ！」と立ち上がった。

そしてすぐさま、リケットさんの家の前で棒立ちになっていた俺と目が合う。

彼女は俺の下まで走ってくると（突風が起きて髪がぐしゃぐしゃになった）、目をキラキラとさせて神にでも祈るように手を組んで膝を突いた。

「か、金ならあるのだ！」

「最低な願い方すぎる」

まぁ彼女の家を作る分には、別に構わない。葵たちにも手伝ってもらうことにはなるが、材料費は無料だし、手間としても一、二時間作業をするぐらいである。

この島にない裁縫の技術を持ち込んでくれただけで、貢献度としては十分すぎるぐらいだ。あと付け加えるのであれば、お世話になっているメノさんの友人だし。

「や、やっぱりルプルの体が目当てなのだ……？　あ、アキトがどうしてもと言うなら――」

「お兄ちゃんやっぱりロリコンだー！」

「拙者に欲情する日も近いでござるか!?」

「兄が妹に欲情してたまるか！　そして俺はロリコンじゃないって言ってるだろ！」

「アキトは小さい子には興味がないのだ？　だったら大丈夫なのだ！　ルプルはこう見えても六百歳を超えているのだ！」

「ややこしくするんじゃない！　年齢は上でも小さいのには変わりないだろうが！」

俺がそう言うと、ルプルさんに交じって葵たちもブーブーと俺に向かって文句を言い始める。キミたちやっぱり波長が似ているのかい？

ともかく。

「別に俺はルプルさんの体を求めてるわけじゃないから、リケットさんに裁縫のことを教えてあげてくれ——家の形はメノさんと一緒でいいよな？」

「それでいいのだ！　ルプルの体が必要になったら、いつでも呼んでほしいのだ！」

「それが労働力という意味なのか性的な意味なのかは敢えて問わないでおこう」

「性的なほうなのだ！」

「問わないって言ったばかりだろうが！」

これ以上妹たちにこんな話は聞かせたくない。

そんなわけで、俺は葵たちに「メノさんの家の隣に、場所を準備しておいてくれ」とお願いする形で、この場から移動するように仕向けた。みんな急ぎの仕事はなかったようだし、問題ないだろう。俺もルプルさんから家の造形の聞き取りを終えたら、すぐに向かうことにする。

「そういえばメノはどうしたのだ？」

「リケットさんのことを見てくれてるよ。ルプルさんが脱走したから、その代わりにな」

皮肉交じりに質問に答えると、ルプルさんはジッとリケットさんがいる家を見つめて、

「……メノが七仙以外に関わるのは、珍しいのだ」

独り言のように、そう呟いた。

「あまり人に関わりたくないような性格っぽいもんな。メノさん、立場の問題もあるから、気さくに接してくれる人が少ないってのも原因になってるだろうけど」

その点で言えば、リケットさんの受け答えはへりくだり過ぎているとも言えず、敬意を払っていないとも言えず、メノさんにとっても接しやすいのかもしれない。

ただそれでも、友人のように仲が良いというわけではない。

「メノは七仙の中では一番の寂しがり屋なのだ」

「そうなの？」

それはなんというか……意外だ。

だってこの島にメノさんの家を建てているけれど、彼女は一度たりともこの島で一夜を明かしたことがない。いつも夜になると帰って行き、朝にまたこちらへやってくる。

転移という手段があるから、きっと家に帰ったほうが楽なんだろうと思っていたけれど、メノさんは人里離れた山の中で一人暮らしをしているようだし、『寂しがり屋』と言われると首を傾げざ

るを得ない。

寂しがり屋というのなら、こちらに泊まってもよさそうなものだけど。

「だとしたら、なんで七仙の人以外に関わらないんですか？」

疑問をそのまま口にすると、ルプルさんは腕を組んでうなり、ちらっと俺の顔を見てから「ルプルもはっきりとわからないから、言わないのだ！」と回答を避けた。

暴走する印象のある彼女にしては珍しい――とは言っても、まだ暴走は一度しかしていないからこう思ってしまうのも失礼なのかも。でもファーストインパクトが強すぎたんだよ。許してくれ。

「じゃ、じゃあルプルもアオイたちを手伝ってくるのだ！」

そしてルプルさんは、まるで俺からの追及から逃れるように葵たちがいる方向へ走り去っていく。

あまり話したくない内容だったのかもしれない。

この話は一旦置いておくとして、俺も遅れて葵たちの下へ向かった。しかしそこにはすでにルプルさんの姿はなく、地盤を整え建築準備を始めている葵たちだけがいた。

「あれ？　ルプルさんは？」

「ルプルさん？　なんか国に戻って家作りのお礼を持ってくるって言ってたよ？」

「自由だなぁ」

ちょっと目を離せば、すでにこの島から消えている。

そんな自由人がこの島に住むのも、悪くはないんじゃないかなぁと思った。

だけど待てよ――冷静に考えて、一国の王様がこの島に住むって、無理じゃない？

ルプルさんが去ったあと、俺は葵たちのルプル邸建築を手伝ったり、リケットさんの下へ様子を見に行ったりしながら、うろうろと二人の間を行き来していた。

メノさんは『リケットはもう大丈夫そうだ』と判断したらしく、ルプルさんが去ったあとに俺がリケットさんのところへ向かった頃には、すでに魔物狩りに出かけていた。

やはりルプルさんの言う『メノさんが寂しがり屋』という話は、いまいち納得できないところがある。まぁ、メノさんとて仕事を蔑《ないがし》ろにできないだろうから、たまたまそういう風に見えてしまっただけかもしれないが。

そしてルプルさんの家が完成し、それと同じタイミングでメノさんが帰宅したころ、『お礼を持ってくる』と言っていたルプルさんが島に戻ってきた。

なぜか、ピシっとしたシワひとつない黒のスーツを身に着けた人を連れて。

なぜか、一辺五メートルほどの巨大な箱を持ってきて。

なぜか、二人とも土下座の状態で。

「うちの魔王が大変ご迷惑をおかけいたしました」

ルプルさんと一緒に来た人が土下座の姿勢のままそう口にした。それから彼女は顔を上げると、

「この魔王の秘書を務めております、ワルサーと申します」と正座の状態で口にする。

褐色の髪の毛は前髪、後ろ髪ともに綺麗に切りそろえられているようで、ルプルさんも釣り目っぽいが、ワルサーさんは『鋭い』という印象を受けるような切れながの目をしていた。

なんとなく、生活指導の先生という印象が浮かび上がる。

リケットさんは外の状況など知らずに布作りに没頭しておりこの場にはいないが、それでも葵たち五名、そして俺とメノさんの合計七人が、魔王とその側近が地に膝をつけて許しを請おうとしている姿を見守っている状態である。

なんだこの状況は。

「あの、急に謝られてもなんのことだか……とりあえず、立ってもらっていいですか？」

「重ね重ね申し訳ありません。魔王様、アキト様が慈悲深くもこうおっしゃってくれています」

「はいなのだ……」

魔王と、その秘書……なんだよな？　ルプルさんが俺のことをどう説明したのか知らないけど、明らかに普通じゃない。俺のこと悪魔か何かだと思っているのだろうか？　俺、自分で言うのもなんだけど、怖い人じゃないと思うよ？

「アキト様、わたくしめに敬語など不要でございます。それはもちろん、この魔王に関しても同じです」

自分の国の王を『この魔王』なんて言い方しちゃっていいのだろうか。たぶん、ルプルさんの性

格の問題な気がするなぁ。

いきなりこの島に家を建ててもらって住もうとしていることから、ワルサーさんが普段どのような苦労をしているのかが窺《うかが》えるというものだ。ルプルさんが暴れたあとの後始末専用の仕事がありそうなぐらいだ。

天界にいた、ミエルさんとアルディア様も似たような関係だったような気がするな。アルディア様、『お小言を言われる』なんて言っていたし。

「い、いえでも、俺はこの世界にきて間もない新参者ですから――」

というか、ルプルさんに関してはすでにタメ口きいちゃってるんだよな。そちらの国の王様相手に雑対応でごめんなさい。

「いえ、我がヴィヘナ王国は強さがなによりも優先されます。神の代行者であり、不老であり、我々のレベルを大きく上回るアキト様に敬意を表します。そしてそのようなお方にご迷惑をかけたとなれば――」

わなわなと身を震わせ、土下座しそうな雰囲気を察知した俺は、彼女の言葉を遮るようにして口を開いた。

「き、気にしなくて大丈夫ですから！　それに、迷惑って言うのは、葵たちを襲ったことですか？　それならもう本人も許していますし、勘違いから起きた事故のようなものですので――」

「――ま、魔王様？　私、その話は聞いておりませんが……？　え？　家を建てて欲しいとごねたことではなく？　私たちの国を軽々と滅亡させてしまえそうな方の妹様を襲った？　世界最強と名高い大賢者メノ様とも親しくされている方の友人である方の妹様を？　冗談ですよね？」

「だって、アオイたちもアキトも許してくれたのだ……」

「許してくれたからって黙っていていいわけないでしょうが！　このバカ魔王！」

「ひぃ！　あ、アキト！　ワルサーがいじめるのだ！　助けてほしいのだ！」

地面に両手と膝を突いた姿勢のまま、ルプルさんが俺に助けを求めてくる。ちらりとメノさんのほうを見てみると、彼女はルプルさんにジト目を向けながら「自業自得」と口にしていた。

とりあえず、ずっと地べたに膝を突いたり頭を突いたりした状態では話がしづらかったので、場所を変えてもらうことに。一度椅子に座ってもらえば安易に土下座もすまい。

五十嵐家のリビングダイニングにて、長細いテーブルを挟み、俺たちはルプルさんとワルサーさんと向き合うような形で座った。

葵たちは彼女たちが持ってきてくれた『お礼』を大いに喜び、そのための作業を行ってくれている。

彼女たちが持ってきてくれたお礼――それは牛と鶏だった。

正式には『ミルクカウ』という牛乳を出してくれそうな名称の牛と、『ノーウィングバード』という飛べそうにない名称の鳥である。新たな住民（？）である動物たちのために、小屋を建ててくれているのだ。

「葵たちもすごく喜んでくれてたし、俺も嬉しい。ワルサーさんもルプルさんも、気にしなくていいからな？」

そして俺は、ワルサーさんにも敬語を使うのを止めていた。

見た目中学生のルプルさんはともかく、バリバリのキャリアウーマン的な印象を持つワルサーさんに向かってタメ口を使うのはとても違和感があったのだけど、彼女から懇願されて、仕方なく砕けた口調で接することになった。

この世界の人、そんなに敬語を使われるのがモヤモヤするのかなぁ。

日本にはたとえ目上の人だったとしても、普通に丁寧な口調で喋ってくる人はいたもんだが、これも文化の違いなのかもしれないな。国ごとによっても違う可能性あるし、その辺りは臨機応変に対応することにしよう。

「残りの借りはルプルが体で返すのだ！」

「いらないって何度言ったらわかるんだ。自分を安売りすんな」

「では、私はいかがでしょう？　スタイルには自信があります、あと、処女です」

ルプルさんに続き、ワルサーさんまでそんなことを言いだした。やめてください反応に困ります

――なんて思いつつも、俺の視線は無意識に彼女の体に向かって行く。

スーツの下に着ている白いシャツのボタンが、こちらに飛んできそうなほどパツパツに張っていた。胸が大きいのもあるだろうけど、姿勢の問題もあるだろう。彼女は背筋をピシッと伸ばしてい

るものだから、胸を前面に押し出しているようにも見えてしまうのだ。

そして彼女はそんな自分の武器を振るうように、胸を下から持ち上げて俺にアピールをしていた。

た、たしかに、スタイルはいいな——じゃなくて！

「必要ないから！　俺はそういうの別に求めてないって言ってるだろ！」

ちょっと心が動いたのはここだけの話。でも俺は、そういう体だけの関係ではなく、しっかりと恋愛関係になって順序を踏んでいきたいのだ。純情なのである。俺はピュアッピュアな二十五歳なのだ。

そんな俺の隣では、俺と同じく純情そうなメノさんが自分の胸にぺたぺたと手を当てており、目が合うと太ももをペシッと叩かれた。見てはいけないところを見てしまってごめんなさい。でも俺、メノさんぐらいの胸の大きさのほうが好きですよ。

もちろん、そんなことを言えばセクハラ認定されかねないというか、もろにセクハラなので言わないけれども。この世界にはたしてハラスメントという概念があるのかは不明だが。

「ふふふっ、やはりアキトはワルサーのグラマラスボディより、ルプルのスタイリッシュなナイスバディのほうが気に入っているようなのだ！」

「はいはい、良かったね。スタイリッシュスタイリッシュ」

真剣に言っているのかふざけているのかもうわからなくなってきたし、いつまでも似たような話が続きそうだったので、そんな風に雑に返事をした。

魔王とその配下相手にいい度胸だ。でも俺だって最初は丁寧に対応しようとしたんだぞ？　先に真面目な空気をぶち壊したのはあっちのほうだ。

「……ルプルが悪さをしたら、私がワルサーに伝える」

悪さをしたらワルサーに——絶対そんなつもりはないだろうからこそ、笑ってしまいそうになる。というかアレだな、メノさんたちは異世界語を話しているから、ダジャレのようにはなっていないんだろう。

「ご協力、感謝します。このご恩は必ず返します」

「……別にいらない。恩はアキトによろしく」

「かしこまりました」

「えぇ……」

俺もいらないんですけど——と言いたいところだが、そうしてしまえば堂々巡りになってしまいそうだ。まぁ俺が貰って、メノさんにそれとなくこちらから恩を返せばいいだろう。どのような恩返しがくるのかは知らないけど。

結局、ルプルさんは本当にこちらに住むことになった。

とはいえ、彼女は一国の王である。当たり前の話だが、ずっとこちらに居ていいはずがない。

そんなわけで、朝九時から夜七時までは自国で王様のお仕事。十日に一度は休日という、『サラリーマンかな？』と思えてしまうような勤務体系になった。

最初はルプルさんが『二日に一回休みたいのだ！』なんて言っていたが、ワルサーさんから説教されて、お互いの譲歩の結果、十日に一回となっていた。

ワルサーさんとしてはもっと国のために働いてほしかったらしいが、どうやらここ最近は国で色々問題が起こったらしく、その対応のためずっとルプルさんは忙しかったらしいので、休息も仕方ない――ということで納得していた。

そんな話し合いが世界樹の下で行われたあと、ルプルさんは建築中の動物小屋がある方向へ走っていく。残されたのは、俺とワルサーさんのみ。メノさんもアオイたちも、みんな建築中だからな。

「では、必要があればいつでもお呼びください」

「あれ？　もう帰るの？　晩御飯ぐらい食べていったらいいのに」

「魔王様が残した仕事がありますので……まぁ、私でもできる仕事ですから問題はないんですが」

ワルサーさんは声に疲労を滲ませながらそう言った。

やっぱりワルサーさん苦労してそうだなぁ。ルプルさんをこちらに迎え入れている以上、俺も何か助けになるようなことができればいいんだけど。

「――あ、ちょっとだけ待っててもらえる？　三分ぐらいで戻るから」

「？　承知しました」

「座っててていいからな？」

「承知しました」

返事をしたワルサーさんが丸太椅子に腰を下ろすのを確認してから、俺は走って世界樹の反対側に回り、母さんに世界樹の果実を三つほど貰った。そして今度は家に走り、急いで世界樹の果実ジュースを作り上げる。木のコップに注いで、それをワルサーさんのもとへ持って行った。

「えっと、これはこの島でとれたプルアのジュースなんだ。メノさんが言っていたけど、この島の食べ物は魔素のおかげで美味しくなってるみたいだからさ」

「これはどうもご丁寧に——たしかに、プルアのジュースとは思えないほど良い香りですし、色も少し違いますね。まるで別物のようです」

ごめんなさい、別物なんです。

でも世界樹の果実ジュースなんて言ったら、たぶんワルサーさんは恐縮して受け取ってくれなかったと思うんだよ。だからこの嘘は仕方がないということで、どうかお許しください。

ワルサーさんは俺にお礼を言ってから、木のコップに口を付ける。コクコクと喉を鳴らし、半分ほど飲んだところでゆっくりと息を吐いた。目を閉じて、リラックスしているのが見て取れる。

「とても、美味しいですね。まさかこれほどまでにプルアが美味しくなるとは——やはり七仙の方々が決定したように、この島の物は外には出せませんね」

「そ、そうだな」

「なんだか体から活力が湧いてくるような気さえします。ありがとうございます、アキトさん」

「お、おう。気にしないでいいぞ。この島ではいくらでも取れる果実だから」

ほら、上を見てごらん。大量に赤い果実が見えるだろ？　なんて言えないけど。

最後まできっちりと飲み干したワルサーさんは、俺に頭を下げて再びお礼を言った。

これで、少しでも彼女の仕事が楽になればいいなと思っていると、

「何を話してるのだ？」

俺とワルサーさんが話しているのが気になったのか、ルプルさんがそんなことを言いながら現れた。そして彼女の視線はワルサーさんの前にあるコップに向き、吸い寄せられるように顔を近づけていく。

鼻をスンスンと動かして、カッと目を見開いた。

「アキト！　ルプルにも世界樹の果実ジュース作ってほしいのだ！　ワルサーだけずるいのだ！」

――っち、鼻のいい奴め。

「あ、あの、魔王様？　これは世界樹の果実ではなく、プルアから作ったジュースだそうですよ？　アキト様が先ほどそうおっしゃっていましたから」

「何を言っているのだ！　ルプルは食べたことがあるからわかるのだ！　これは間違いなく世界樹の果実を使ったジュースなのだ！」

ルプルさんがそう言うと、ワルサーさんはぎこちない動きでこちらに目を向ける。

顔は引きつり、冷や汗をだらだらと流していた。

「えっと、あの……まぁ、この島ではプルアぐらいありふれたものなのかなぁ、なんて思って……

ごめん」

頬を掻きながら言うと、ワルサーさんの口からヒュっと息の音が鳴り、彼女はその場に跳びあがった。そして、土下座の姿勢で地面に着地。

「もうっしわけ、ございませんでしたぁあああ！」

「いいからいいから！　頼むから土下座しないで！」

「一生かけて、恩返しさせていただきます！」

「重いよ！　本当に気にしないでいいから！　というか『様』もやめてくれ！」

「無理です！」

もはや俺のことを神のように扱うようになってしまったワルサーさんをなだめるのには苦労した。とても大変だった。

ふらふらとやってきたメノさんが『それ以上はアキトに迷惑』と言ってくれたおかげで、なんとかなったけど、ルプルさんと同じくこの島に定住してしまいそうな雰囲気さえあった。こんなことで国が崩壊していったら目も当てられないぞ。

そしてワルサーさんを見送ったあと。

メノさんと一緒に葵たちが建築してくれている動物小屋に向かうと、そこにはすでにミルクカウとノーウィングバードの小屋がそれぞれ出来上がっており、ルプルさんと一緒に動物たちを見ている七人の姿。どうやらリケットさんも作業を止めて見に来たらしい。

「お兄ちゃん！　プリンが作れるね！」

「ふっふっふ、拙者パンケーキ食べたい」

「朝の牛乳だけでも十分すぎる。あと、お風呂上がりも飲みたい」

「お兄ちゃん何が好きなんだろ」

「パァッ！　パァッ！」

それぞれアカネ、シオン、ヒスイ、ソラ、ヒカリの発言である。同じ葵の一部とはいえ、やはり個性豊かだなぁ。ちなみにヒカリが口にしているのは、ノーウィングバードの鳴き真似である、結構似ていた。

ワルサーさんが去ってから、ルプルさんはそれはもう大いに遊びまわっていた。

まるで授業で自習を言い渡され、先生が去っていったあとの学生のよう。

完成した自分の家にひたすら感動し、しばらくそこではしゃいだ後は、葵たちを巻き込んで鬼ごっこや世界樹で木登りをしたりして無邪気に遊んでいた。

葵たちも、自分より精神年齢が低そうなルプルさんに感化されたのか、いつも以上に遊びの優先度を上げて楽しんでいたように思う。いいことだ。葵たちは年齢の割に大人びているというか、しっかりしすぎているような気もするので、こんな風に年相応の姿を見せてくれると少し安心する。

真面目が悪いってわけじゃないいんだけど、大人であることを強いているような気分になってしまうから。

メノさんはメノさんで、ルプルさんの家に使った分新たに魔道具を製作しており、俺はみんなの橋渡しのような役目をしながら、資材倉庫の整理などを行っていた。

今の俺の体はフォークリフトですら悲鳴をあげるような重たいものも軽々運べてしまうから、非常に楽である。この力をもって引っ越しの仕事なんてしたら、すごく楽だろうなぁなんてことを思った。

そして夜。

「……じゃあ、私は家に帰る」

夜の七時過ぎ、みんなで夕食を食べ終わると、メノさんはいつも通りのセリフを口にして、森の中に歩いて消えていった。各々がメノさんに向けて『また明日』という言葉を返して、残りの時間は自由時間。

いつもならばそれぞれお風呂に入ったり、世界樹の下や五十嵐家のリビングに集まって軽く話をしたりしながら時間を過ごす。

しかし今日はルプルさんという新しい住民がいるから、いつも通りという形にはならなかった。

「アオイたち、一緒にお風呂に入ろうなのだ！」

「「「「いいよ～！」」」」

「アキトも一緒にどうなのだ？」

「――っ、だ、誰が入るかバカ！　ほれ、行った行った！」

しっしと手で追い払うようにしながら言うと、ルプルさんは「顔が赤いのだ！　照れてるのだ！」と楽しそうに言ってから逃げていく。葵たちも「ロリコンだー！」という言葉を残してルプルさんの後を追って行った。

葵はともかく、ルプルさんの気持ちの切り替えようには苦笑いも浮かべてしまう。土下座して震えていた頃が懐かしいなぁ。つい数時間前のことだけど。

「——ったく、楽しそうでなによりですねぇ」

弁明させていただくと、決してルプルさんの体を想像して赤面してしまったわけではない。メノさんやリケットさん、そしてワルサーさんといった面々も一緒にお風呂に入ることを頭に思い浮かべてしまったのだ。ただでさえ男が俺しかいない状態なのに、周囲は美人揃い——俺の煩悩を刺激する試練中なのかとさえ思ってしまう。

やれやれとため息を吐いてから、まだこの場にとどまっているリケットさんに声を掛ける。

「リケットさんも、自由時間ができたからって働きすぎないようにな？　健康が第一なんだから」

「はい！　それはもう、ストレスを溜めないようにしっかりと布作りをさせてもらいます！　今の私は一度の飯より布作り！　布マスターになって見せます！」

ご飯は食べてくれ。そして三度食べてくれ。

「……休んでくれよ？」

「いつも休んでいるようなものなんです！　本当です！　信じてください！　それとも、私もルプルさんのように体をアキトさんにお渡しすれば、もう少し作業をしても許していただけるのでしょうか……？」

「まずアレはルプルさんが勝手に言っているだけだから関係ないし、交換条件としておかしすぎるんだよ！　あともっと自分のことを大事にしてくれ！」

ルプルさんは少々アレだが、リケットさんはリケットさんで、違う方向でちょっと変なんだよな……。個性と言われたら、納得するしかないのだけど。

仕事に関して、彼女の場合、『これは趣味なんです！　好きなことをしてるだけです！　本当です！』と言い張ってくるので、『仕事をしないように』と言ってもあまり効果がない。

さらによろしくないのは、ずっと座っての作業だから体が凝り固まってしまいそうなものだけど、ステータスの影響なのか、それとも世界樹の果実の効果なのか、まったく疲れる様子がないのだ。

やろうと思えば、永遠に働き続けてしまいそうな気配がある。

困ったもんだ。

「それにしても、メノさんはなんで森に入っていったんですかね」

リケットさんは腕を組み、七百歳と六百歳をあざ笑うような大きな胸を持ち上げ、首をひねる。

俺はそちらに目を向けないようにしながら、彼女の言葉を咀嚼する。

「森に入るって――そりゃ家に帰ってるんじゃないの？」

「でもメノさん、転移魔法で帰ってるんですよね？」

「………だと思う、けど」

リケットさんに言われ、俺も頭が混乱してきた。

最初、俺がメノさんと出会ってまもない頃、彼女は家に物を取りに行く際に転移魔法を使っていた。俺が洞窟で過ごした夜も、たしか転移魔法で帰っていたと記憶している。

でも、最近は彼女が転移魔法を使用して帰っている姿を見ていないいんだよな、言われてみれば、たしかに変かもしれない。

いつも彼女は、森の中を歩いて帰っている。

「帰り道も魔物を駆除しながら帰ってくださっているんですかねぇ？　それとも、夜風を浴びながら帰りたいとか？」

リケットさんは真っ暗になった森を見つめながら、疑問符を重ねている。

たしかにメノさんが向かった方角は、人族がいるエルダット大陸がある方角なんだけど……転移魔法が使えるのに、わざわざ魔力の翼で飛んで帰るだろうか？

リケットさんが言うように、夜風を浴びるため？

なんとなく、納得がいかない。

「……んー」

「わからないですね」

リケットさんと一緒になって、腕を組む。

また明日、メノさんが来た時に聞いてみよう——とは思えなかった。モヤモヤするのだ。ルプルさんに聞いたら、何かわかるだろうか？　旧知の間柄である彼女なら、メノさんの行動の理由がわかるかもしれない。

転移魔法は疲れるから——魔物をついでに倒しているから——そんな答えがルプルさんの口から聞けたら、それでモヤモヤはいくらか解消されそうなものだけど。

「たしかにメノが転移で帰らないのは不自然ではあるのだ。でも、そんなに気になることなのだ？」

幸いにもお風呂に入る前だったので、こうして彼女から話を聞くことができた。キャミソールとパンツという、半裸状態だったけども。

「そう言われると弱いんだけど……やっぱり、俺の気にしすぎか？」

いつもバスで帰っている人が歩いて帰っている。

そんな光景を見たとしても、『今日はそんな気分なのかな』とか『寄り道するのかな』と思う程度である。むしろ、そのことについて考えないほうが自然だろう。少なくとも、当日のうちに理由を知りたいなんてことにはならない。

でもなぜか、胸がざわつくのだ。

別れ際、メノさんは笑顔で『また明日』と言うことはない。もともと表情の変化が乏しいのを差し引いても、どちらかというと暗い表情を浮かべているような気がするのだ。

俺にはその理由が、ここにある気がした。だから彼女が転移を使わない理由を知りたかった。

「そんなに気になるなら行ってみたらいいのだ」

「……行ってみたら、ねぇ」

「なのだ。まだメノが帰ってからそんなに時間が経っていないから、歩いているなら追いつけるはずなのだ」

たしかに、彼女が俺たちに別れを告げてからまだ五分も経っていない。転移を使われたらどうしようもないが、足を使っているのなら追いつくことも可能か。

「そう、だな……そうだよな。ルプルさん、悪いけどリケットさんのことをよろしく頼むよ。また前みたいに外に出てきちゃったら大変だから」

「お任せあれなのだ！　ルプルはお留守番が得意なのだ！　いちおうルプルもその間、メノの行動の理由を考えてみるのだ！」

彼女はそう言って拳をぎゅっと握る。

本当にお留守番できるかなぁ。ルプルさん苦手そうな気配しかしないけど。じっとしていられなそうだし。まぁここは彼女の言葉を信じることにしよう。

「ありがとな、頼んだぞ」

俺はルプルさんにそう返事をして、家を出た。夜の森は、少々恐ろしくはある。しかし朝まで待とうという気にはなれそうもない。きっと俺はメノさんのことが気になって眠ることができないだろうし。

自宅に行って灯の魔道具を持ってこようとしていると、

「私たちも行くよ～」

「夜は危ないでござる」

ヒカリとシオンが声を掛けてきた。他の三人も彼女たちの後ろで頷き、同行の意思を示している。

どうやら俺とルプルさんの話をどこかで聞いていたらしい。

「夜は危ないって——お前たちに同じことを言いたいんだが」

「私たちだってお兄ちゃんを守るために天界で訓練したんだから！」

「一緒に行く」

「リケットさんはルプルさんがいるから大丈夫でしょ？」

俺は拒否の姿勢を見せているのだが、どうやら葵たちは行く気満々のようだった。

まぁ俺が気を付けておけばいいだけの話か。

「わかったよ。でも、俺の近くから離れるなよ？　場所は——メノさんいつも同じ方向に帰っているから、その道を直進しようか」

はたして俺の中に渦巻くこのモヤモヤとした感情は、海にたどり着くまでに解消されているのだろうか。

ステータスに任せて葵たちと森を走っていると、あっという間に海岸に着いてしまった。途中で魔物に遭遇することはなかったから、余計に速い。

距離的には三キロ近く走った感覚だが、二分もかかっていないと思う。メノさんに追いついてしまうのではないかと思ったが、そんなことはなかった。

そして、メノさんはそこにいた。

海岸沿いの小高い丘の上に立ち、俺たちを見下ろしている。

メノさんも灯の魔道具を使用していたので、彼女がいるということはすぐにわかった。そしてあちらも、俺たちに気付いていた。

「……何してんだろ」

疑問を口にしながらなだらかな斜面を登り、彼女の下へ歩いて行く。

メノさんのすぐ近くには、縦長の大きな楕円の石が地面に埋まっていた。それはまるで墓標のようで、周囲には色とりどりの花が咲いている。

墓標のよう——というよりも、これは墓標そのものか？　いったい、誰の？

「……アキトのせいじゃないから、伝えるか悩んでた」

声が届くところまで近づくと、メノさんはバツが悪そうにそう言った。

「これは、誰かのお墓ですか？」

「……そう」

彼女の視線は、石に刻まれた文字に向けられている。そこに何が書かれているかはわからないけれど、文字数的にこれは、人の名前というよりも文章っぽいよな。

「……リケットのことがあるまで、島のこんな端に来ることがなかった。いつも転移で移動していたから」

彼女はそう言って、その場に膝を抱えてしゃがみこむ。死者との距離を近づけるかのように。

「……この海岸には、船の残骸とか人骨が、たくさんあった」

「――っ、そ、それは――」

「……たぶん、リケットより前に、生贄になった人たちのもの。私が気付けなかったから、申し訳ない。もっとくまなく散策していれば、こんなことにはならなかった。この人たちも、死ぬことはなかったかもしれない」

「そんな、メノさんのせいじゃないですよ！」

そう声を掛けるが、彼女から返事は返ってこない。いくら彼女がこの島で魔物退治をしていたからって、それは別に島で起きることの責任を全て彼女が負っているというわけではない。

しかし……そうだよな。なんで俺は、リケットさんより前の生贄の人たちについて考えなかったのだろう。間違いなく生きていないと思っていたから、思考しようとすらしていなかった。たとえ命は無くなっても、体は残るというのに。

天界で聞いていたじゃないか——ここは生贄少女が流れ着く島だと。

「そうか、メノさんはリケットさんを運んだときに」

「……うん」

脳内での言葉が口から漏れ出すと、メノさんがそれに返事をした。俺の予想は、正しかったらしい。さきほど葵たちと見た時、海岸は綺麗だった。きっとメノさんが一人でお墓を作り、そこに生贄となった少女たちの骨を埋め、船を片付けてくれたのだろう。

丘の上に、綺麗なお花まで植えて、華やかに。

俺と葵も、地面に膝を突き、手を合わせて死者の冥福を祈った。葵は場所を取ると思ったのか、いつの間にか一人の姿になっていた。

生贄として死ぬことが、彼女らの幸せだったのかはわからない。しかし、死ぬ間際に苦しい思いをしたのは、ほぼ間違いないのだろう。

魔物に襲われたのか、それとも餓死してしまったのか。中にはこの島に流れつくこともなく、海上で命を落とした人もいるだろう。

その人たちも含めて、どうか安らかに眠ることのできますよう——そして来世があるのならば、幸せでありますように。

「……人が死ぬのは、悲しい」

そう口にするメノさんの頬には、一筋の涙が伝っていた。

話したこともない、会ったこともない、きっと顔すら知らない誰かのことなのに——まるで親しい誰かが亡くなったかのような表情を浮かべている。

大事な人を失ったときのつらさはわかるし、生贄の子たちの無念を考えると悲しい気持ちにはなるけれど、俺は涙までは流れてこなかった。

俺が薄情者なのか。それともメノさんが情に厚いのか。

しかもメノさんは、七百年も生きているのだ——人の死なんて、これまでたくさん見てきただろうに。

——だからこそ、なのか。

彼女が寂しがり屋でありながら、一人であることを選んだのは、これのせいか。

「……いつも家に帰ってるのは、リケットさんがいるからですか？」

俺や葵は不老だ。しかしリケットさんには、寿命がある。

時折メノさんがリケットさんに対して冷たく接しているように見えたのは、情が移らないようにするためだったのだろうか。うん、そう考えると、すごくしっくりくる。

そして彼女は俺の想定通り、膝を抱えたまま小さく頷いた。

メノさんの気持ちは、少しだけだが理解できる。

俺は七百年も生きていないから、あくまで想像でのことだし、百パーセントわかるなんて口が裂けても言えないけれど、身近な人の死は見てきたから、少しはわかる。

でも、それで関わりを無くすというのは、良いことなのだろうか？

正しいとか間違ってるとか、そういう論理じゃない。そんなもので判断できるようなものじゃないと思う。俺はただ、それがメノさんにとって良いことなのか良くないことなのか、それを考えている。

妹も母親も、病で倒れた。

じゃあ俺は健康で長生きする別の家族がいたほうが幸せだったのか？　そんなこと、ありえるはずがない。

出会わないほうが良かっただなんて、まったく思わない。母さんや葵が死んでいく悲しみを味わったからって、俺は出会いを諦めたくはない。血縁であろうと、そうでなかろうと。

だからメノさんにも、人と関わることを諦めないでほしい。

知ったような口を利くな。

１００年すら生きていないお前に何がわかる。

そう言われてしまえば、本当にその通りだ。今の俺では、七百年生きた彼女の心情を正しく理解することはできないのだろう。

これはきっと、俺のエゴだ。自己満足だ。

それでも俺は、何もしないより良いじゃないかと思うのだ。今の俺の気持ちを、伝えたほうが良いんじゃないかと思ってしまうのだ。

花を避けながら墓の隣にしゃがみこみ、メノさんの頭と同じ高さに自分の頭を持ってきた。潤んで震える瞳が、俺の目を見る。

「これからはずっと、俺がいますから」

「…………？」

「たしかにリケットさんは俺たちと違って、寿命があります。だからきっと、俺たちはリケットさんを看取ることになるでしょう。だけど、俺はずっとここにいます。もしメノさんがその時もこの島にいてくれて、そして泣いていたとしても、俺が隣にいますから」

そう言うと、彼女は目じりに浮かぶ涙をぬぐって、膝の上に手を置いて、そこに口元を埋めた。

「悲しみを半分こ――っていうとありきたりに聞こえるかもしれませんが、ともかくそんな気持ちです。一緒に悲しむ人がいるってだけで、少しぐらいは気持ちが軽くなると思うんですよ」

これは実体験。葵が亡くなったときは、母さんも一緒に泣いていた。

だけど母さんが亡くなったとき、俺は一人で泣いていた。孤独になってしまったということも重なっていたとは思うけど、より一層精神にダメージを負っていた記憶がある。

葵の死が母さんに比べて軽かったなんてことは決してないけれど、悲しみを分かち合うことができるというのは、救いになると思うのだ。

あくまで主観の話だから、メノさんがどう思うかはわからないけれど。

悲しみも楽しさも含めて、人生だと思うから。

「もちろん、無理強いするつもりはありません。だから、これはあくまで俺の希望なんですが、メノさんも俺たちと一緒に暮らしてくれると、俺はすごく嬉しいです。だって――」

リケットさんを始めとして、きっとこの島にはこれから先も寿命ある人が増えるだろう。

親しい人が死を迎えれば、喪失感にも襲われるだろう。数か月、数年、数十年引きずることもあるだろう。

それでも、こんなに優しくて、思わず人の世話をしてしまうようなお人よしで、他人の死をこんなにも悲しんでくれるような人に、孤独を感じてほしくない。

寂しがり屋の彼女に、寂しい思いをしてほしくないと思うのだ。

「だって――俺はメノさんのこと、好きですから」

そう言うと、メノさんがバッと俺を見上げた。目を見開き、そして徐々に頬を赤くしていく。何か言いたそうに口をパクパクと開いて、瞳は震えるように動いていた。

……ん？　俺はいま、なんて言った？

メノさんにも幸せになってほしいという気持ちが爆発していたけれど、もしかしなくても『好き』とか言っちゃってなかったか？　ちょっと待ってほしい、記憶を呼び起こすから。

「お兄ちゃん、それだと告白みたいだよ？」

少し距離を取って俺たちの話を聞いていた葵がそんなことを言ってきた。そして『やっちゃったなぁ』みたいな気まずい笑みを浮かべる。

告白!?　違う違う！　そんなつもりはない！　メノさんのことを可愛いと思う気持ちはあるけれど、いくら何でも性急すぎる！

「――ち、ちが！　メノさんのことは好ましく思っていますが、今の『好き』は人間として好きと言う意味で、恋愛的意味ではないいんです！　勘違いさせてしまってすみません！」

俺は気付けば正座の姿勢になって頭を下げていた。

反応が無かったのでゆっくりと顔を上げると、

「………………知ってる。別に勘違いしてない」

メノさんはまるでふてくされたかのようにそう言ってから、ぷいっとそっぽを向いた。

いやいやいや！　絶対さっきの反応といい、今の反応といい、気付いてなかったでしょ！　告白と思っていたでしょ!?　メノさんわかりやすいからすぐわかっちゃうんですよ！　誤魔化しきれてないんですよ！

間違いなく非があるのは俺のほうだからツッコむつもりはないけども！　やっぱり演技がへたくそすぎないかメノさん！

どうしようどうしようと混乱していると、さらに問題発生！

「●×、○▼△～」

「△□○◆□！」

リケットさんとルプルさんの二人がやってきたのだ。ルプルさぁん！　お留守番得意とかほざいてませんでしたかねぇ！

しかも結界の外だから、二人とも何を言っているのかさっぱりわからん。

リケットさんはやや体調が悪そうに見えるが、以前のように気絶してはいない。右手に食べかけの世界樹の果実を持っていて、俺と目が合うと異世界語で元気そうに何かを言って、果実を齧っていた。

もしかしてアレのお陰で、魔素酔いが緩和されているのだろうか？　なんでもありだな母さん。生前、二日酔いに強かった影響がもしかして果実に――ってそんなことはどうでもいいとして。

メノさんはすでに立ち上がっており、リケットさんとルプルさんの下へ向かって話をしている。そして彼女たちの視線はお墓に向かい、神妙な面持ちになると、地面に膝を突き両手を組んで祈りを捧げていた。

リケットさんは思うことがあったのだろう――一分ほどで祈り終えたルプルさんと違い、二分三分――それぐらい経った今も、彼女は真剣な表情で目を閉じている。ルプルさんも俺の感覚では長いほうだと思うだけど、リケットさんはそれ以上だった。

そして一足さきに祈りを終えたルプルさんはというと、すでに気持ちを切り替えたのか、五人に分裂した葵たちと遊んでいた。

お互いの言葉はわからないはずだけど、身振り手振りだけで意思疎通をこなし、ヒカリに「ちょっと海岸に行ってくる！」と声を掛けられたかと思うと、六人で海岸まで走って行ったのだ。

場の空気にはそぐわないが——それがありがたくもある。

気持ちが沈んでばかりいても、前には進めないし。

「△□×、○●○×」

しかし二人とも異世界語で喋っているので、日本語と少しばかりの英語しか嗜んでいない俺にはさっぱりだ。異世界語の勉強も、考えておかないといけないかもなぁ。

「……○◆、□×」

祈りを終えたリケットさんは、メノさんに話しかけていた。

そんなことを考えながら、二人のやりとりを見守る。

リケットさんが頭を下げた。

たぶんお墓を作ってくれたことのお礼とか、そういう話をしているんだと思う。

でも、なぜかメノさんが顔を真っ赤にして顔をすごい勢いで横に振りだした。

なんだ？　いったいどんな会話をしたらそんな反応になるんだ？　生贄の子の話をしていると思うんだけど、そう考えるとこのメノさんの反応がわからない。どういう路線で話が進めば、そんな表情を浮かべることになるのだろう。

首を傾げていると、メノさんに睨まれてしまった。リケットさんはめちゃくちゃニコニコしている。

うん、わからん！

☆　☆　☆　☆　☆

「本当に、ありがとうございました！　自分のことに必死で、私以前の生贄の方々のことまで頭が回らず――」

「……気にしなくていい。私が見つけたから、私が対応しただけ」

「それでも、ありがとうございます。きっとみんな、天国で喜んでいます」

「……だといいけど」

「きっとそうですよ！　メノさんの気持ちはきっとここに眠る人たちにも伝わっています！　この綺麗なお花たちや、この『安らかに、幸福に』と刻まれた言葉も、きっと届いています！」

「……うん」

「…………………それと――」

「……うん？」

「――それと、あの、アキトさんにはこの会話の内容は伝わっていないんですよね？」

「……そう。アキトはこっちの言葉はわからないから」

「そうですか！　あの、実はルプルさんと一緒に少し前から見ていたんですけど、ひょっとしてアキトさんから告白みたいなことされたんですか？」

「――ち、違う、されてない」

「そうでしたか……すみません。アキトさんが真面目な表情で何かを言って、そしてメノさんの顔が赤くなっているように見えたので、勝手にそうなのかなって思ってしまいました」

「……それはリケットの勘違い」

「失礼しました！　で、でも、私から見てもアキトさんはメノさんに好意を向けているようですので、いつかきっと気持ちを伝えてくると思うんですよ！」

「……そ、そう？　じゃなくて、べ、別に期待とかしてない」

「？　でもメノさん、アキトさんのこと好きなんですよね？」

「――そ、そんなことない！」

「誤魔化さなくても大丈夫ですよ！　私はメノさんの味方ですから！　絶対お似合いの夫婦になれると思いますよ！」

「――ふ、ふうっ!?　ちがっ」

☆　☆　☆　☆　☆

「さっきリケットさんと何を話していたんですか？」

リケットさんとメノさんの会話が一段落したようなので、俺はモヤモヤを解消するためにメノさんに聞いてみた。なぜ俺はメノさんに睨まれてしまったんだろう、と思いながら聞いてみたのだけど、さらに睨まれることになってしまった。

えぇ……？　メノさんなんで怒ってるの？　俺、怒られるようなことしたっけ？

いや、したな。告白詐欺みたいなことをした。もしかして、その内容をバラしてしまったのだろうか？　リケットさんには聞こえなかったはずだから、誤魔化そうと思えば簡単に誤魔化せたはずだけど。

「……帰る」

彼女はムスッとした表情でそう言うと、テクテクと森に向かって歩き始める。

俺は慌てて葵たちやルプルさんがいる方向に向けて「帰るぞー！」と声を掛けてから、リケットさんと一緒にメノさんの後を追った。

あれ、そう言えばメノさん『帰る』って言いながら森のほうに――。

「○×◆、△▼◆○！」

「いや、わからん」

リケットさんが俺に向けて嬉しそうに何かを言っていたが、やはりわからない。

前を歩くメノさんには、どちらの話も理解できているんだろうなぁと思いつつ、こころなしかドシドシと不満そうに歩く小さな背中を見ていると、ピタリと動きを止めてこちらを振り返った。そして彼女は、異世界語でリケットさんに何かを言ったあと、俺に目を向けて、

「……アキトがどうしてもって言うから、泊まることにする」

そう言った。

そして俺の返事を待たずに前を向いて、またドシドシと歩いて行く。

照れ隠し、なんだろうなぁ。やっぱりメノさん、隠し事にはとことん向いていないらしい。

# エピローグ

「……アキトから頼まれたから仕方なくだから」

「もうその言葉、昨日の夜から十回ぐらい聞きましたよ」

「……むぅ」

昨夜こちらの家に泊まったメノさんは、翌日、自宅から荷物を大量に運び込んで来たようだった。転移、そして空間収納を使っての作業だったから、まったく引っ越しをしている様子はなかったけれど、家の外で顔を会わせるたびに同じようなことを言われた。『アキトに頼まれたから仕方なく』と。

理由はなんであれ、俺はもちろん、葵たちもリケットさんもルプルさんも、メノさんがこちらの島に拠点を置くことに喜んでいた。なんなら昨晩は、俺の家に集まってみんなで寝たぐらいである。

そしてその時、メノさんは寝言なのかどうかわからないような声で、『見つけてくれて良かった』と言っていた。たくさんの人の死を一人で抱えるには、重かったに違いない。

昨日の海辺で、彼女は『伝えるか迷っていた』と言っていたが、たぶん心のどこかでは『見つけてほしい』と思っていたのだろう。

このまま隠し通すべきなのか、それとも伝えるべきなのか、真実を伝えて悲しみを与えるのか、嘘を吐いて平穏を与えるのか――いろいろ悩んでいたんだろうけど、奥底では『見つけてほしい』と思っていたはずだ。

何しろ、彼女は歩いて海岸に向かっていたのだから。

海岸まで転移魔法を使えばいいだけなのに、わざわざ歩いて。

「メノさんがこっちに住んでくれて、やっぱり嬉しいですよ。やっぱり夜帰っちゃうと、少し寂しかったですから。別に夜に喋ってることが多いってわけじゃないですけど」

メノさんがこちらの島に残って話したとしても、せいぜい一時間ぐらい一緒にいる時間が増えるだけ。それだけのことなのだが、彼女が家に帰って行くのを見送るのは、やはり心の距離を感じていた。

泊まることはできるけど、その選択肢はとらない――そういう判断をしているとわかっていたから。

俺の言葉に「……ふ、ふーん」と言いながら顔をほんのり赤くしたメノさんは、髪を人差し指でくるくると巻きはじめる。照れる動作がとてもわかりやすい。

「……仕方がないから、アキトがいなくなるまでここに住む」

「俺、不老ですし、たぶんこの島から出ないですけど」

「……ふーん」

いや『ふーん』ってあなたね。

メノさんは自分が言っている言葉の意味をわかっているのだろうか？

まぁ怪我や病気で死ぬという可能性は残されているといえばそうなのだけど、俺はレベル9999でありながら超回復や状態異常無効という全然死にそうにないステータスを持っているんだぞ？

俺がいなくなるまでここに住むって言ったら――永遠に俺と一緒に過ごすってことになるんですが。

これは新手のプロポーズなのか……？

なんて浮かれたことを思っていると、メノさんと入れ替わりにルプルさんがやってきた。彼女は俺の前に立つと、意味ありげに腕を組んでうんうんと頷く。

「なに？　どうしたんだ？」

「ルプルは気付いてしまったのだ」

「しょうもないことのようなこと言いそうな気がするけど、いちおう聞こうか。お留守番も満足にできないルプルさんよ」

「そ、そのことは忘れて欲しいのだ！　それよりも、ルプルは気付いたのだ！　この島には、娯楽がないのだ！」

どうだこの素晴らしい発見！　なんて言いたそうな表情である。んなことわかっとるわい。

「そりゃそうなんだけど、それさ、ルプルさんが遊びたいだけだろ？　絶対リケットさんのためとか思ってないよな」

ジト目を向けながら言うと、彼女はぷひゅーと気が抜けるような口笛を吹いてそっぽを向く。ルプルさんに言われたらなんとなく反抗したくなるが、言っていること自体は正しいんだよなぁ。なんとなく遺憾である。

「娯楽は何か作るからさ、ちょっとずつでも構わないから、時々リケットさんに裁縫を教えてやってくれよ？　他にも、彼女が困っていたら助けてやってくれ」

「もちろんなのだ！」

説得力がないなぁ……すぐに『飽きたのだ！』とか言って暴走しそう。

まぁそんな風に自由な人がいるぐらいが、ちょうどいいかもしれないな。とか考えている間に、ルプルさんはもうどこかに行ってしまっており、そして戻ってきた。リケットさんを連れて。

ルプルさんに連れて来られたであろうリケットさんは、ぎこちない笑みを浮かべながら俺のほうを向くと、

「ワタシハ、イッパイアソビタイデス。ハタラキタクナイナー」

そんなことを言ってきた。リケットさんが言いそうにないセリフナンバーワンかもしれない。

「めちゃくちゃ棒読みじゃねぇか！　絶対ルプルさんが言わせただろ！」

「うぅ、すみませんアキトさん。アキトさんに嘘は吐きたくないのですが、ルプルさんがこう言え

ば裁縫をもっと教えてくれると言っていたので。私の願望も入っているんですぅ」

「り、リケット、シーなのだ！　る、ルプルは何も知らないのだ～」

「正座」

「はいなのだ……」

恐喝まがいのことをやってしまったルプルさんはとりあえず放置するとして、せっかくの機会なのでリケットさんにも『どんなものがあったらもっと楽しく過ごせるかな？』と聞いてみた。

「うーん、強いて言えば、もっとみなさんのお役に立てることがしたいですかね～」

「そうじゃなくて、もっと自分の楽しみというかさ」

「ではお掃除とお裁縫をさせてください！」

うっ……リケットさんにとってそれが幸せだと言われたら、本当に働きづめになってしまいそうだ。でも好きなことを取り上げたくはないんだよなぁ。

となると、相談相手は葵がいいだろう。リケットさんのためのことだけど、その本人はたぶん一番参考にならないし。

ルプルさんを正座状態から解放し、今度は葵たちに集合してもらってそれぞれ意見をもらう。質問の内容はリケットさんにしたものと同じ、『どんなものがあったらもっと楽しく過ごせるか』だ。

「公園とかはどうでござるか？　拙者たち、あまりお外で遊べなかったでござるから」

「この世界の人たちにとっても、物珍しいかもしれないね！」

「トランプとかもお手軽で良いかもだよ〜」

シオン、アカネ、ヒカリが即座に意見を出してくれて、ヒスイとソラも『インテリアみたいなの作ったらどうかな？』とか、『料理のレパートリーも増やしたいよね』などとどんどん意見をだしてくれる。ありがてぇ。こういうのを待ってたんだよ。

「なるほど、ありがとうみんな。リケットさんはもちろん、葵たちも楽しまないといけないし、欲しいものはどんどんその調子で言ってくれよ。さすがに電子機器とかは難しいけど、この体で色々できるようになっているだろうからさ」

「「「「はーい！」」」」

手をピシッと上げて返事をした葵たちは、またそれぞれの作業に戻っていく。

リケットさんと葵たちはすごく楽しそうに仕事をするし、メノさんは人助けが好きなのかポンポン便利な魔道具を作ったりするし、ルプルさんは……まぁ例外ではあるけれど、笑顔が絶えないことは確かだ。

「第二の人生を歩む場所としては、良い感じになってきたんじゃないかな」

次にこの島にやってくる人はいったいどんな人なのだろうか。

リケットさんと同じように生贄の人なんだろうか？　それともルプルさんのように、メノさんの友人？　もしくはまったく無関係の人かもしれない。

まぁ考えても仕方がないか……全く予想ができないし。

なんにせよ、いまはみんなの意見を聞きつつやれることを全部やっていくしかないよな。

誰もが笑顔でいられるように、幸せだと思ってもらえるように、俺たちの持つ知識と力で理想の楽園を作りあげていこうじゃないか。

# あとがき

どうも心音ゆるりです。よく間違えられますが、『ここね』と読みます。『しんおん』でも『ここね』でもございませんので、どうぞよろしくお願いします。

なんとあとがき四ページもいただいてしまいましたよ。何を書けばいいんですかねぇ、最近運動不足で腰が痛いとかそういう話でもいいんですかねぇ。毎朝コンビニに行くぐらいしか動いてないんですよ。マジでやばい。

そんな老いを感じざるを得ない話を延々としてもいいのですが、まずは作品の話をしたいと思います。タイトルをフルで書くとそれだけで一行使ってしまいそうなので、今回は生贄少女と省略することにしましょう。

今回の生贄少女、ウェブ小説サイトのカクヨムにて連載しておりまして、光栄にもSQEXノベルさんにお声がけをいただいたわけです。幼少からドラクエをやってた身としては「スクエニだとっ!?」と震えてしまいました。腰に響くような震えでしたね、ええ。

それから編集さんと真面目に話したり楽しく話したりしながら、改稿を進めていきました。ウェブ版からもかなり改稿を加えているので、新鮮な気持ちで楽しめるようになったと思います。結構な割合が書きおろしですし、一冊の本として世に出すためにまとめてありますので、初めての方もウェブから来てくださった方も、どちらも楽しめると思います。というかそうなるように頑張りました。

そうそう、どちらの読者の皆様も楽しめるといえば、りんごぱん先生のイラストです。私がこのあとがきをカタカタと書いている時点では、当然読者の皆様はまだあの可愛いメノさんやリケットさんたちを見ていないと思うのですが、今から反応が楽しみで仕方がありません。めっちゃくちゃ可愛いですからね！　どうですか？　最高でしょう？　私は興奮して腰にダメージを負いましたね。

イラストの感想を残り三ページ書いてもいいのですが、それも自重しましょう。重たいですもんね。我慢します。著者らしく物語の話をします。

この生贄少女は、タイトルや表紙で皆様ならなんとなくお気づきだと思いますが、とても平和な物語です。主人公のアキト君が、これまでつらい想いをしてきた人たちを救いながら、自分自身も幸せになっていくというような形になっています。美味しいご飯を作ったり、よりよい住環境を作ったりしながら平和に暮らしていきます。

タイトルに『レベル９９９』とある通り、主人公はチートスペックを貰って転生しており、さらにこの無人島も少々特殊で——まぁここでは『初めて来た人はビックリする島』とだけ言っておきましょう。あとがきから読む人もいらっしゃいますからね。

私もこの作品の構想を練っている段階では、「みんなで平和に楽しく暮らせる島になりそうだなぁ」とニコニコしていたのですが、詳細を練ったり、書き進めていくうちに「おやおや……様子がおかしいぞ」となりました。

主人公のアキト君は、転生前に『つらい目に遭った人を幸せにしたい』という想いを抱いていました。となれば、当然生贄の女の子のためにニコニコで頑張りますよね。

そして生贄となった子。命の恩人が「お前を幸せにしてやんぜぇ！」といった勢いであれやこれや世話を焼こうとしてきたら、どうなるでしょう。そうですね、彼女自身も「この恩に報いなければ！」とニコニコで頑張ります。

めっちゃ働きますやんこの人たち……本当にここは楽園か？　ブラック企業じゃなくて？

この書籍一巻時点ではまだ島民は少ないですが、増えるにつれてきっと大変なことになっていくんでしょうなぁ（遠い目）。

自己犠牲と言うとあまり幸せなイメージが無いかもしれませんが、私はこの作品を通じて、皆が自己犠牲の精神で行動していたら、案外幸せになるものだなぁと思いました。

ではいつの間にか文字数も少なくなってしまいましたので、この場を借りて謝辞を述べさせていただきます。誤字って『野次を述べさせていただきます』となって焦りました。野次述べてどうすんねん。

まず担当編集のKさん。改稿のご相談や、その他もろもろの作業に関してもお互いに意見を交わしながらできて、とても楽しかったです。やり取りもとてもスムーズで、安心して仕事に取り組むことができました。そして編集のIさん、最初にお話をした時にSQEXノベルさんの明るい雰囲気が伝わってきて、『ぜひ！』という気持ちになりました。ありがとうございます。

そしてイラストレーターのりんごぱん先生。先にも少し書いてしまいましたが、とても素敵なイラストを描いていただきありがとうございます。イラストを見て心音はニマニマしております。下品な笑みにならないよう気を付けます。

それからこの本に関わってくださった皆様、ありがとうございます。皆様のおかげで、本という形で世に出すことができました。

あと日ごろから意見を交わしているO先生、K先生、D先生、S先生。たぶんこの作品がこうして生まれたのも、だらだらとではありますが、色々創作について語り合っていることが関わっていると思います。これからもどうぞよろしくお願いします（照れ顔）。

そして最後になりますが、この本を手に取っていただきました読者の皆様、本当にありがとうございます。最近私はスマホや本の読み過ぎで眼精疲労に苦しんでいますので、皆さまもどうぞお気をつけくださいませ。

心音ゆるり

関わってくださった方々
ご覧いただいた方々に
最大限の感謝を!!
Ringo

SQEXノベル

# レベル9999転生者によるやりすぎ無人島楽園化
## ～生贄少女も薄幸少女も全力で幸せにします！～

著者
心音ゆるり
イラストレーター
りんごぱん



2025年2月6日　初版発行

発行人
松浦克義
発行所
株式会社スクウェア・エニックス
〒150－6215
東京都渋谷区桜丘町１番１号　渋谷サクラステージSHIBUYAタワー
（お問い合わせ）スクウェア・エニックス　サポートセンター
https://sqex.to/PUB

印刷所
TOPPANクロレ株式会社
担当編集
加藤雄斗
装幀
木村デザインラボ　冨永尚弘



ISBN978-4-7575-9668-9　C0093　　Printed in Japan